きみと歩けば…

出口 汪《ひろし》 監修

出口すみ子 著

水王舎

もくじ

※ ラブとは、ラブラドール レトリバーの略です。

はじめに

私たちの家のリビングの棚には五つの感謝状が飾られています。

それらは私たちがパピーウォーカー（注）という盲導犬ボランティアとして、五頭のパピーを育て訓練所に送り出したことに対する感謝状です。

実は、私たちが関わったパピーはこの五頭の他にあと一頭います。

でも、この子に対する感謝状はありません。

盲導犬になるために、その候補生たちには多くの人の愛情が注がれます。

まずは繁殖犬ボランティアの家で誕生し、生後約二ヶ月になるまでそこで育てられます。

（注）将来盲導犬となるべき子犬（パピー）を預かり養育する人

そして、彼らはパピーウォーカーのもとで一歳を迎えるまで暮らします。そのとき、パピーウォーカーの家族がどれだけパピーに愛情を注いだかが、その後の訓練に大きな影響を与えるのです。

つまり、パピーウォーカーが愛情を注いだ分だけ、今度はその犬が盲導犬となって、視覚障害者（ユーザー）に愛情を返してくれるわけです。

しかし、私たち家族のもとに来た最初のパピーは、私たち家族に直接愛情を返してくれました。

一匹の子犬が私たち家族を変えたのです。

パピーウォーカーを始めた当初、私は専業主婦、おとうさんは予備校講師で、家は大阪なのに週の大半を東京で教えていました。

そして、おにいちゃんのだいちゃんは中学二年生、弟のみいくんは小学五年生でした。

おとうさん

予備校講師。
ほとんど東京でお仕事。

私

予備校講師の妻。
専業主婦。

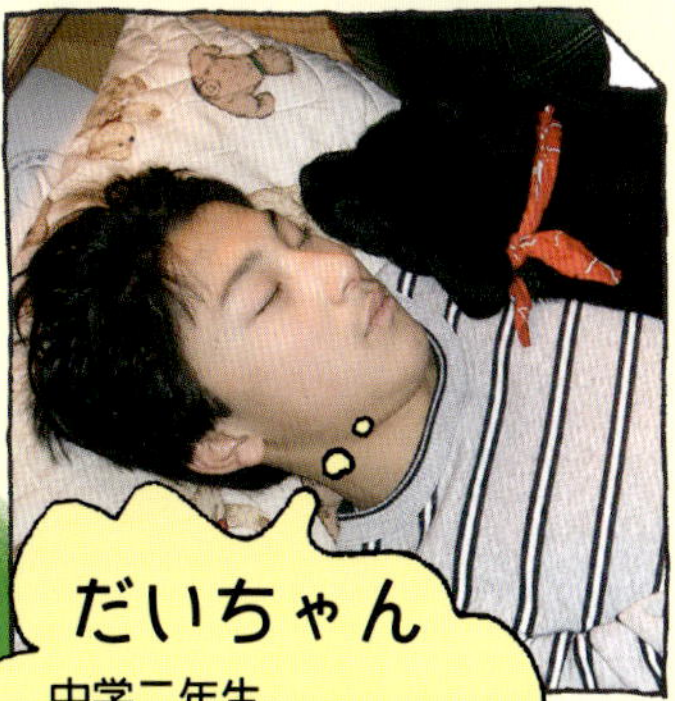

だいちゃん

中学二年生。
中高一貫校のため受験がない。

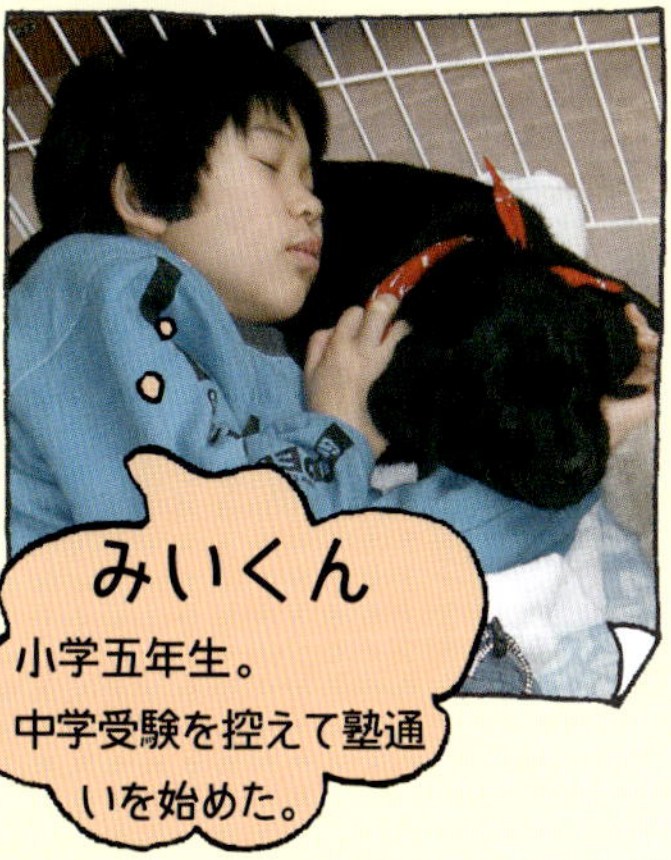

みいくん

小学五年生。
中学受験を控えて塾通いを始めた。

黒ラブの女の子ロンド。

本当にお転婆《てんば》で、いつも家中を駆け回り、そのたびに家族は大パニック。

正直、パピーを育てることがこれほど大変だとは思いも寄りませんでした。

でも、ロンドは私たちの五人目の家族として、本当の親子のように触れ合ってくれました。今でも、尻尾をぶるんぶるんと振りながら、子供たちに飛びかかっていく姿が目に浮かびます。

それなのに――。

ロンドが突然この世からいなくなった時、私はその事実をどうしても受け止めることができませんでした。こんなに悲しいのならば、いっそこのまま死んでしまいたいと思ったほどでした。特に子供たちはそれぞれ心に深い傷を負ったようでした。

でも、あとになって初めて気がつくこともあるのです。ロンドは私たちに無垢《むく》の信頼と、絶対的な愛情を注いでくれていたのです。

決して人を裏切らない、絶えず愛を表現してくれる存在がいつもそばにいる――それがどんなに人生を豊かにしてくれるものか、ロンドがいなくなってはじめて分かったのです。

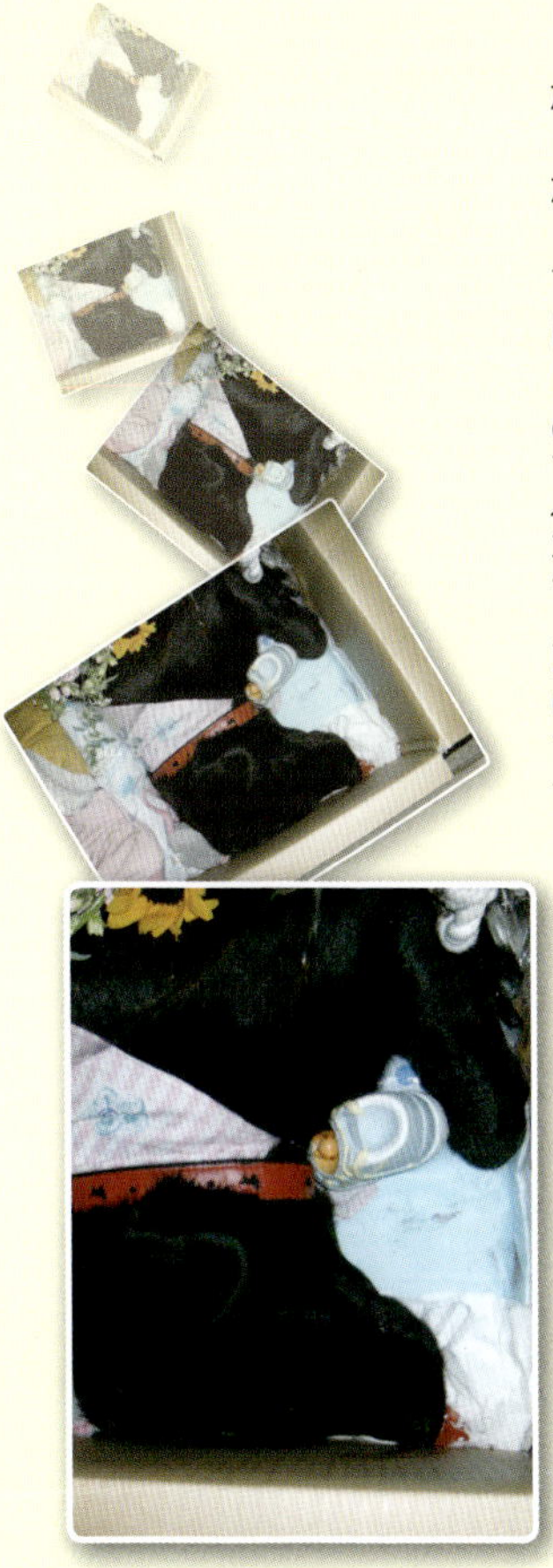

家族の一人一人が心の深いところでロンドの死を受け止め、それぞれがそれなりに成長していきました。

そして、私たちは今、パピーウォーカーを卒業して、繁殖犬ボランティアをしています。

繁殖犬のウテナは今や私のかけがえのないパートナーです。

でも

ロンド

私は決してあなたのことを忘れないでしょう。

このお話は、私たちが実際に経験した、人間と犬との魂の交流物語です。

第1章
黒ラブの女の子、かわいいロンド

どうしてパピーウォーカーになったのか

「きゃー、いったいなにこれ？」

キッチンに入った私はなにか液体を踏んづけました。

「オシッコだ。また、こんなところで失敗している」

パピーのロンドがオシッコをキッチンでしてしまったのです。

「誰か、誰でもいいから雑巾《ぞうきん》持ってきて！」

私は叫びました。

「ダメだよー、雑巾ならロンドがくわえて走って行っちゃった」

みいくんが叫びます。

「ロンド、ロンド、アウト、アウトだよ。雑巾を放して！」

みいくんは必死で雑巾を取ろうとしているようです（「アウト」というのは、くわえたものを放させるときにかける合図《コマンド》です）。次の瞬間、

「うわ～ん、ロンドが僕の手を噛んじゃった」

みいくんの情けない声が聞こえてきました。私は仕方がないので片足でけんけんしなが

ら雑巾を取りに行き、足を拭《ふ》きました。そして、床を拭いたあと消臭スプレーをふり、やれやれと思っていたら……。

これはなにも特別なことではなく、ロンドが我が家に来てから繰り返される日々の光景です。小さな盲導犬の卵、パピーのロンド。彼女が我が家に来ることになったのは、あるきっかけが重なったからでした。

そのとき、私の腕の中には長年一緒に暮らした猫のソーニャが抱きかかえられていました。結婚して二年、まだ子どもたちが生まれる前から飼っていた一三歳の猫です。ソーニャは苦しそうに息をハアハアさせていました。忘れもしない二〇〇二年の大晦日《おおみそか》でした。

一ヶ月ほど前から食欲が落ち、尿を漏らすようになりました。獣医さんの診断は膀胱炎《ぼうこうえん》だったので安心していたのですが、具合はどんどん悪くなり、ふと気がついたときには自分で歩くこともできなくなり、あわてて再度、獣医さんに診《み》てもらったら、人間でいう人工透析が必要な状態であることがわかりました。

でも、動物用の人工透析などありません。

つまり、打つ手がないということです。


私は腕の中のソーニャに言いました。

「もう、がんばらなくてもいいから。今までありがとう。だから、もう、がんばらなくてもいいから」

横で子どもたちが泣いていました。子どもたちにとって、ソーニャは自分が生まれたときからいる存在です。

しばらくすると苦しそうな息はやみ、ソーニャは静かに旅立っていきました。そして、私たちは深い悲しみへと落とされていきました。

こんな悲しい思いをするのなら、もう二度とペットは飼わない。

それが私たちの共通の思いでした。


「犬を飼ってほしい。ちゃんと自分で世話をするから」

何度、この言葉を子どもたちから聞かされたことでしょう。でも、子どもの「自分でする」という約束ほど当てにならないものはありません。

ソーニャがいる間は「うちには猫がいるからね、犬は飼えないんだよ」、そう言って我慢をさせていました。しかし、ソーニャがいなくなった今なら飼おうと思えば飼えるのに、みんなどうしてもそんな気分になれないのです。ソーニャが死んだときの、あのなんとも言えない思いがよみがえってくるからでした。

そんなある秋のこと。私が洗濯物を畳んでいるとおとうさんが部屋に入ってきました。どういう話の流れになったのか、『盲導犬クイールの一生』という本の話になりました。これは夏休みの読書感想文用に私がみいくんに買ってあげた本です。写真も多いし字数もそんなに多くないので読書が苦手なみいくんでも読めるだろう、となにげなく書店で手に取ったのでした。

――ずっと以前に夕方の番組で、盲導犬ボランティアのうちの一つ、パピーウォーカーを紹介していたことがありました。それを見た私は、「パピーウォーカーなら一年限りなので、万が一子どもたちが世話をしなくても大丈夫だし、猫も一年なら我慢してくれるだろう」と思い、子どもたちに提案したのでした。

てっきり、みんな賛成してくれるとばかり思っていたのに、意外にも子どもたちは反対しました。理由は「自分の犬でもない子犬を育てるのはイヤだ」というものでした――

「もともとはパピーウォーカーがしたかったんだけど、子どもたちが反対したのよ。だけど今は、二度と死に目に会うのはイヤだし……。でも、パピーウォーカーなら、子犬を一年預かるだけだからできるかも……」

それを聞いたおとうさんは、すごく興奮しました。

「それはいい、パピーウォーカーをしようよ。子どもたちに小さいころから社会に役立つことをさせられるし、なにより子犬はかわいいからね。そのかわいい子犬を何度も育てられるんだから、こんなに楽しいことはない。自分のペットだったら、かわいい子犬時代は一度しかないもん」

子どもたちに再び提案してみると、今度はすんなりと通ってしまいました。やはり、飼っていた猫が死んだこと、そして『盲導犬クイールの一生』を読んで、盲導犬ボランティアに対する理解が深まっていたことが大きかったと思います。

おとうさんは、その日のうちに『盲導犬クイールの一生』に載っていた関西盲導犬協会の連絡先に電話を入れていました。


あとはびっくりするぐらいトントン拍子に話が進みました。

パピーウォーカーの登録が無事に済んだとき、「いつぐらいに子犬が来ますか?」と私たちが質問すると、「そうですねえ、こればかりはなんとも言えないんですよ。子犬が生まれないことにはどうにもならないし、いつ生まれるかはわかりませんから」というお話だったのですが、それから幾日も経たないうちに協会から電話がありました。

「協会以外のところから子犬をもらうことになったので、そのパピーをお願いしたいのですが、どうでしょうか。イエローラブの女の子です」

色がイエローであろうが性別がなんであろうが、私たちにとってはどうでもいいことです。一刻も早くパピーウォーキングをしたくてたまらなかったのですから。即答で引き受けていました。

子どもたちに言うと、「イエローならクイールと一緒だね」と興奮していました。ところが、しばらくして再び電話がありました。

「実は、イエローではなく黒ラブだったんです。どうされますか」

もちろん、返事は「引き受けます」。イエローでもオスでもなくクイールとは全然違うけれど、そんなことはどうでもいいのです。

かわいいパピーの世話が少しでも早くできれば――こうしてやってきたのが、黒ラブの女の子、ロンドだったのです。

ロンドとの生活が始まった

いざ、パピーが来ることが決まると、我が家はその準備で大騒ぎでした。あちこちのバザーに出かけては、子犬用に使う毛布やバスタオルなどを買いました。

知人からは、「ラブラドールはね、盲導犬のイメージがあって賢いように思うけど、子どものころは、もう手がつけられないほどやんちゃだから、心しておいたほうがいいよ」

という忠告を受けました。そのときは「ふうん」と思っていたのですが、あとで身にしみて実感することになりました。

そして、ラブラドールの育て方についての本を何冊も買い込んで研究しました。

だいちゃんが、子犬の間はフローリングの床だと足が滑って関節に負担がかかってよくないらしい、とどこかから聞き込んできて、わざわざ絨毯《じゅうたん》も買いました。

協会からケージが送られてくるやいなや、それを組み立ててトイレも設置し、子犬の居場所も作りました。

みいくんなど、そのケージの中に入って「ワンワン、ボク、パピーだよ」とはしゃぐのです。

まるで小さな子どもに返ったかのようでした。

名前は意外とあっさり決まりました。音楽好きな私が輪舞曲を意味する「ロンド」を提案すると、みんなこぞって賛成してくれたのです。


そうして迎えた委託式（子犬をパピーウォーカーに渡す式）。忘れもしない二〇〇三年一一月三〇日のことでした。式は午前中でしたが、私たちは早朝からそわそわしていました。そしてもう待ちきれなくなって、指定の時間よりずいぶん早く到着してしまいました。

そんな様子を見て協会の職員の方は、

「みんな、委託式のときは来るのが早いんです。その代わり、修了式のときはギリギリに来られるんですよね」

と笑っていました。

私たちはパピーウォーカーをするのが初めてだったので、最初にレクチャーがありました。

フードのあげ方、ブラッシングの仕方、予防接種のこと。また、ソファーに上げてはいけない、決められたフード以外おやつなど与えてはいけない、できるだけ人に飛びつかせないなど、盲導犬ならではの注意もありました。他にも細々とした注意があり、犬を飼ったことのない私にとっては、どれもこれも初めて聞くことばかりです。

「ちゃんとできるかな」と不安になりかけたとき、それを見透かすように職員の方が言いました。

「いろいろ言いましたが、一番大切なことは褒《ほ》めて育てるということです。Ｇｏｏｄ《グッド》、このの言葉がキーワードです。Ｇｏｏｄ、Ｇｏｏｄ、とにかく褒めてやることです」

それなら私にもできそうだ。とにかく愛情さえあればなんとかなる、おかげでそう思えるようになりました。

褒めて育てること――それは子育ても同じです。

そう分かってはいても、いざとなればすぐに子供を怒鳴りつけてしまう私ですが、それでも愛情だけは今まで十分に注いできたつもりです。

レクチャーが終わるころ、すでに経験のある他のパピーウォーカーの方も来られました。

そして、いよいよ子犬の登場です。係の人が子犬を抱いて現れたとたん、部屋に「うわっ、かわいい！」と歓声が上がり、それまでの静かな空気が一変してしまいました。

やがて、それぞれの家族の代表が子犬を受け取ります。

我が家はみいくんが代表で受け取りました。四頭の中でずば抜けて大きいそうで（他の子はみんな四・五キロ前後なのに、この子は五・九キロもあるのです）、なんだかお肉がだぼついていて、頬の肉が少したれ、鼻も低いのでおじさんくさい顔をしています。

でも不思議なもので、自分のところの犬になるのだと思うと、この不細工さがよけいに

愛《いと》しく、かわいいように思えるのです。

各家庭に手渡されたあとも、子犬たちは他の兄弟と一緒にしばらく遊んでいました。みんな一時《いっとき》としてじっとしていません。写真を撮ろうとするのですが、写るのは走り去ったあとの床ばかり。その中でも、うちの子は一頭だけみんなに出遅れて、すぐにはぐれてしまいます。容姿だけでなく運動神経もどんくさいようで、ますますかわいく思えてくるのでした。

「太った子は、太ったご主人様のところへ来るんだね」とメタボのおとうさんに言うと、「うるさいなぁ」と怒っていました。

最後に子犬を抱いてパピーウォーカー全員で記念写真を撮りました。そして、お互い自己紹介をして「また一緒に遊ばせましょう」と約束し、それぞれ家路についたのでした。

家へ連れて帰る途中、ロンドは不安なのか「クウゥン、クウゥン」と鳴いていましたが、後部座席に座っている子どもたちに抱かれているうちに、いつしか眠ってしまいました。車酔いを心配していましたが、おかげで無事に家までたどり着きました。

ペットショップでトイレ用のトレイとシート、犬用のおもちゃを買って帰ったので、準備は万端です。長い時間トイレをしていないから、着いたらすぐトイレのセッティングをしなければ、と思っていたのですが、残念ながらトイレの用意をしているうちに絨毯にお漏らししてしまったのでした。

お昼ごはんはみいくんがあげました。みいくんはおっかなびっくりお皿を差し出します（みいくんは犬に興味があることはあるのですが、怖いのです）。

盲導犬にするためには、いつでもどこを触られても怒らないように育てていかなければなりません。だから、エサもあげたらあげっぱなしというのではなく、絶えず体をなで、エサ皿を持ちながら食べさせないとダメなのです。でないと、食べている最中にエサ皿を触ったり体に触れたりしただけで、取られると思って唸《うな》り声を上げるようになってしまうからです。

初ウンチは無事にトイレですることができました。テレビを見ながら抱っこしていたみいくんが「くさい！　おならしてるよ」と叫んでくれたおかげで、すぐトイレに連れて行けたからです。オシッコもなんとかトイレに連れて行ってすることができ、やれやれです。

初日はロンドが寂しいだろうと、子どもたちは自分の部屋のある二階からわざわざ一階のリビングにお布団を持って下ろし、ケージの横に敷いて寝ることにしました。

でも、ケージに入れて戸を閉めたとたん、ロンドはクウゥンクウゥンと鳴き始め、一一時になっても騒いでいます。一二時を回ったあたりからようやく落ち着いたようなので、私は自分の寝室に引き上げることにしました。

しかし次の日の朝、子どもたちに聞くと、あれからまた「出してくれ」と一晩中グズグズ言って大変だったそうです。とにかく、初日は朝早くからいろいろあって、なんだかすっかり疲れてしまいました。でも、いよいよロンドとの毎日が始まるのです。どうなることやら、不安でもあり、楽しみでもありました。

委託式の日はあんなにお利口だったロンド。

次の日から一転、トイレは失敗しまくるわ、いたずらするわで悪魔のロンドに変身してしまいました。

子どもたちは寝不足のまま学校へ通う毎日です。

とにかく「どうしてこんな……」と思うようないたずらが多く、中でもリビングの植木コーナーの土の部分に置いてある、松かさを取ってきてかじるのにはほとほと困ってしまいました。お腹を壊さなければいいのですが、ウンチが軟らか気味でちょっと心配です。

トイレも誰かがつきっきりでないと、うまくいかないようです。私が家事をしている間に何度も失敗しました。毎日、ロンドの失敗したトイレのあと始末で一日が終わっていくのです。

おまけに夜鳴きも大変でした。夜の一二時ごろ、一階のリビングに置いてあるケージの中にロンドを入れて、「じゃあね、おやすみ。また明日ね」と電気を消して二階の寝室に引き上げるのですが、そのとたん、「クウゥン、クウゥン」と鳴く声が。しばらくすると鳴きやむだろうと高をくくっていたところ、なかなか鳴きやみません。それどころか鳴き声はますます大きくなり、とうとう遠吠えになってしまうのです。

事前に「今までたくさんの兄弟と一緒に押し合いへし合いしながら寝ていたので、しばらくは夜鳴きをするかもしれません」と説明は受けていましたが、これほどとは思いませんでした。

「犬の夜鳴きは三日で治る」といわれているそうだし、「鳴いているからかわいそうに」と思って出してやると、犬は「鳴けば出してもらえる」と思ってよけいに鳴くようになり、とうとうケージに入れられなくなってしまった、というエピソードも聞いていました。そのため私は心を鬼にして無視することにしました。

午前二時を回ったあたりで、私はトイレをさせに一階へ下りました。子犬は膀胱《ぼうこう》が発達していません。なので三時間おきぐらいに、トイレをさせるためいったんケージから出してやらないといけないのです。

ところが電気をつけ、ケージを見てびっくり。気も狂わんばかりに鳴いて暴れているロンドの寝床はオシッコだらけ。それどころか、寂しくないようにと一緒に入れてあった大きなラブラドールのぬいぐるみのお腹のところに、大量のウンチが……。

私は泣きそうになりながら、それらを片付けました。

そして、ロンドを抱いてヨシヨシをしながら寝かしつけました。しかし、寝たと思いそうっとケージに入れ鍵を下ろした瞬間、また鳴き始めるのです。寝室にもどって、「早く鳴きやんでくれないかなあ」と祈るように待っていましたが、声が聞こえなくなったのはなんと午前三時を回ってからでした。寝たのかどうかわかりませんが、下へおりて確かめる勇気はなく、そのまま眠りにつきました。

次の日も凄まじい夜鳴きでした。延々と三時まで夜鳴きが続くのです。鳴き声も前日よりさらにグレードアップ、オオカミの遠吠えのようになりました。近所迷惑になるのではないかと気が気ではありませんでした。三時過ぎには鳴きやんだものの、果たして寝てくれていたのか。

六時前に起きてリビングに行ってみると、ロンドはすでにケージの中で起きてちょこんと座って待っていました。そして、私の顔を見るなりまたもや出してくれと……。出してやったときの訴えようは凄まじいものがありました。猫は甘えるとき、ゴロゴロのどを鳴らすといいますが、犬はグエッグエッという声を出すことがわかりました。結局、訓練士さんと相談して寝室にサークルを置いて、夜はその中で寝かせることになりました。

ロンドがやってきてすぐに、我が家にお客様が来てくれました。私の友達です。「きゃあ、かわいい〜!」と言ってくれたのですが、「でも、月齢のわりにでかくない?というか、お肉がだぼついているような気がするんだけど……」と、鋭い指摘を受けてしまいました。

その友達はチワワを飼っていて、体重が三・三キロしかないそうで、我が家のロンドはすでに成犬のチワワを追い越していたのでした。

盲導犬は社会に出るといろんな人に出会います。そのときに人見知りの子では困るのです。だから、私はいろんな人に声をかけて家に遊びに来てくれるように頼みました。

おとうさんの会社の人も来てくれました。その人の弟さんもラブラドールのメスを飼っているそうですが、しつけをまったくしなかったらしいです。なので、弟さんの家へ遊びに行くと平気でピョンピョン飛びついてくるだけでなく、食卓のど真ん中に座って人が食べているものを要求するというのです。

しかも、油断をすると人の料理をぺろりと食べてしまうので、みんな手でおかずを隠しながら食べなければならないそうです。

そのとき、もう十分すぎるほどロンドに手を焼いていた私は思わず納得してしまいました。

中でも一番ショックだったのは、みいくん

の友達のおかあさんが幼稚園児の弟を連れて遊びに来てくれたときのことでした。その子が家に入るなり、リビングに走り込んでソファーに飛び乗ったため、見ていたロンドは大興奮。一緒に遊ぼうと思ったのか、その子にじゃれついて離れなくなったのです。

子犬といっても小型犬に比べるとかなり大きいうえ、ロンドの「じゃれる」は飛びつく、噛みつくですから、すっかり怖がられてしまいました。

「NO！（ダメ）」。その子に怪我をさせては大変と、飛びつこうとするたびに代わりのおもちゃを投げてそちらに気をそらしたり、叱ったりして止めるのですが、ロンドは遊んでもらっていると勘違いしているのか、ますますヒートアップして部屋中を飛び跳ねるようにして走り回るのです。

あげく、その子のおかあさんにまで「実をいうと私も怖い」「盲導犬っていうから、大人しいのかと思っていたけど、全然違うのねえ」と言われる始末。帰り際、その子が「二階に行きたかったなあ」と言うので、てっきり、二階のおもちゃがたくさん置いてある子ども部屋で遊びたかったのかと思い、「また今度、ゆっくり遊びにおいで」と言うと、「違う、下は犬がいるからイヤだった。怖いからもう来ない」という返事が返ってきてがっくり。

でも、おかあさんが「この犬は、大きくなったら目の不自由な人のために一生懸命働くえらい犬になるのよ」と教えてくださって、「うん、知ってる。聞いたことがある」と言ってくれたので、少しは盲導犬が育つ過程がわかってもらえたようで、ほっとしました。

そのあとみいくんが帰って来たのですが、さっきの興奮が残っていたロンドはみいくんの足にガブリ！

「きゃあ」思わず叫んだ私は、あわててみいくんの足を見たのですが、そこにはロンドの歯形がくっきり。

もちろん、みいくんは大泣きです。

それにしても、以前飼っていた猫は子どもを毛嫌いしていましたが、ロンドは逆にいい遊び相手と思うのか、子どもが大好きでことあるごとに自分からちょっかいをかけていきます。

なんだか不思議な気がしたものです。

ウンチ事件とピンバッチ事件

ロンドとの生活も一週間を超え、パピーウォーカーというものに少しずつ慣れてきました……というより、大変さがわかってきました。

その日は平日でしたが、学校が休みだっただいちゃんとみいくんは朝から家にいました。すると、普段と違うシチュエーションに興奮したのか、ロンドはずっとハイテンション。相変わらず、みいくんは噛みつかれて泣かされていました。

でも、おかげでロンドを子どもたちに見てもらえた私は、昼からゆっくり寝ることができました。

そんなある日のことです。ロンドには私たちにとって信じられぬような癖があることが発覚しました。

「食糞」。つまり、自分のウンチを食べてしまうのです。

パピーウォーカーといっても、しつけの基本は他の犬を育てるのと同じです。しかし、まったく同じというわけではなく、盲導犬ならではのちょっとした約束ごとがあります。たとえばそれは、それぞれの家庭で犬を入れないように決めたエリアがあれば、そこには犬が勝手に入らないようにする、といったことです。

我が家では、ロンドは和室に入れないようにしようと決めました。

我が家は洋風の造りで、和室は一室しかありません。そしてリビングとつながっているので、普段は障子を開けたままにしてあります。

さっそく「和室に入ってはいけない」というしつけをしようと思ったのですが、なかなか言うことを聞いてくれません。和室に入ると「NO!」と叱るのですが、なにがいけないのかわからないようなのです。私たちが見ているときはいいのですが、ちょっと目を離したすきに入っていってしまいます。

それだけならいいのですが、必ずといっていいほど、オシッコやウンチを漏らすのです。

失敗されると畳に染みついてしまって、あと片付けが大変です。
この日も気がつくとロンドは和室に入っていました。
畳を見るとウンチの跡がついているのですが、肝心のウンチそのものはなくなっています。誰かが片付けたのだろうと思っていたのですが、誰も知らないと言うのです。そういえば、前もウンチの跡だけが残っていたことがありましたが、子どもがいい加減に片付けたのだろうと気にしていませんでした。
そして、再びウンチを失敗したロンドを観察していると、なんとそれを食べようとしているではありませんか。

そういえば事前の説明で、ウンチは微《かす》かにドッグフードの臭いがするため、食べる犬がいると聞いたことを思い出しました。今までウンチを食べた口で顔をベロベロなめられていたわけです。

家族全員「ぎょえー！」と叫び声を上げました。

協会の訓練士さんに相談すると、食糞にはとにかく「ウンチをしたら食べる前に片付ける」以外に対策はないそうです。食べる前と言われても、こちらの気がつかないうちにしてしまうこともあるし……。

結局、和室の障子がその日から閉められることになってしまったのは言うまでもありません。

この時期、忘れられないのはピンバッチ事件です。

二階を掃除するとき、一人で下に置いておくのは心配だったので、私はロンドを連れて上がりました。片付けが苦手な我が家の子どもたちは、おもちゃのみならず、プリントやら消しゴムやら、床にあらゆるものを散らかします。なんでも口に入れたがるロンドにとって子ども部屋は危険が一杯です。

でも、「掃除中気をつけて見ていれば大丈夫だろう」と油断していました。寝室のぬいぐるみにじゃれて遊んでいる姿を見て、安心した私がトイレに行ったわずかなすきに、ロンドは子ども部屋に入り込みました。つかまえると、口になにかくわえています。こじ開けてあわてて取り出すと、五センチ平方の厚紙です。

それはピンバッチを留めてあった台紙でした。以前、薬局の景品でもらった「ファイト一発！」のピンバッチで、長いことだいちゃんの机に放ってあるのを掃除のたびに見て気になっていたものです。

口の中には紙以外ありません。肝心のピンバッチはどうしたのでしょうか。

……もしかして、飲み込んだの？

ひょっとしたら部屋に落ちているかも、と思って探しましたがありません。

でも、紙に破れた様子がないので、ロンドが自分ではずしたとも考えられません。飲んだかどうかもわからないのに大騒ぎしても、と思って様子を見ることにしました。

飲み込んでいればなにか具合が悪くなってくるはずです。

試験期間中のだいちゃんが午前中に帰ってきたので、さっそく聞いてみましたが、返ってきた答えは、「心あたりがない」というものでした。

「さすがにロンドはまだ机の上には届かないので、自分が落としたものに違いない。いつなくなったかは記憶にない。だけど結構大きかったから、ロンドが飲み込むにはかなり無理があるよ」ということだったので、少し安心しました。

そして、みぃくんが帰ってきたので、「おにいちゃんのファイト一発のピンバッチ知らない？」と聞くと、「知らない、見たこともない」と言います。仕方がないのでもう一度部屋を探したけれど見つからず、「これは気をつけてロンドの様子を見るしかない」という結論になりました。

しばらくしてリビングの机の上を見ると、みぃくんの筆箱が放ってあります。「こんなところに置いておけばロンドの餌食になってしまうのに」と、片付けようと手にしたところ、なんとあのピンバッチがついていたのです。

「みぃくん、筆箱についてるじゃない！」と言うと、みぃくんは、「それ、僕のだよ。おにいちゃんのは知らないもん」。するとだいちゃんが、「違う、それは僕のだ」と言い出し、二人で揉め始めました。普段なら「うるさい!!」と怒鳴るところですが、とにかく、ロンドが飲み込んだのではなかったことにほっとしたので、二人の喧嘩なんかどうでもいい気分になりました。

このように、ロンドが来てからは、毎日が事件の連続でした。

私のメガネをおもちゃ代わりにして壊されたことも、いい気分で昼寝しているときに鼻を噛まれたりしたこともありました(人間、無防備なときに鼻をかじられると死ぬかと思うほど痛いのだとそのとき痛感しました)。またあるときは、「大人しくおもちゃで遊んでいるな」と思っていたら、それはおもちゃではなく、レッスンに来られていたピアノの先生の、いかにもブランドものらしき高級靴だったこともあります。私はそうっと取り上げ、目立った歯形がないのを確かめると、玄関になに食わぬ顔でもどしておきました。

そんなロンドですが、一緒に遊んでやると「ああ、この子は賢いなあ」と思わされるのです。おもちゃと、遊んでくれる人に視線を集中させて、他のものに気をとられることなどいっさいありません。

こちらがやめるまでいつまでも夢中になって遊び続けるその集中力たるや、実に見事なものでした。

「やっぱり、ロンドはすごいなあ」、私たちはそう言い合いました。


そして、おとうさんときたら、そのデレデレぶりはすごいものでした。

ほとんど東京にいて、めったに会わないからかもしれませんが、「かわいいなあ、ロンドほどかわいい子はどこにもいないよ」などと親バカをさく裂させています。

「おいおい、委託式のとき『兄弟の中で一番不細工だ』って嘆いていたのは、どこのどい

つだ」と言ってやりたくなります。月に一度の巡回（協会の職員が、パピーの様子を見に自宅まで訪問すること）の前日、「どうしよう、どうしよう、もうキャリアチェンジ（盲導犬にならずペット犬となること）します、なんて言われたら」と心配しているので理由を聞いたら、「だってさあ、こんなにかわいいし、賢いし、盲導犬にしておくより、ペットにしたほうがいいってなったらどうしよう」とのこと。私はあきれて物も言えませんでした。

そして次の日。巡回が終わった夕方、おとうさんからめったにない電話がありました。

「巡回どうだった？」

「どうって、別に」

「キャリアチェンジにならなかったか？」

最初は冗談かと思っていましたが、どうやら真剣に心配していたようです。まあ、親バカもここまでくれば立派なものです。

パピーウォーキングはまるで子育て

最初に書いたように、ロンドはとにかくケージが嫌いでした。ケージに入れて戸を閉め、鍵を下ろすだけで、ギャンギャンと鳴きわめくのです。盲導犬になるために、ケージに慣れることは大切なことです。なによりも、ケージに慣れてくれないことには、ロンドを置いて出かけることができません。

私たちは「ケージは怖いところではなく、安心できる自分の居場所なんだよ」とロンドにわからせるために、食事はケージの中であげていました。しかし、ロンドは食事が終わるとさっさと逃げるようにケージから出て行ってしまいます。

そこで強硬手段に出ることにしました。いやがるロンドをむりやりケージに入れ、「出してくれ」と鳴いても出さず、外からおもちゃを差し入れて遊んでやることにしたのです。最初はおもちゃに見向きもせずに鳴いていたロンド。それでも根気よく繰り返していると、遊んでやっている間は鳴かなくなりました。

それでも一人になるとやっぱり鳴き出します。そこで、鳴くとしばらく待ってからケージにもどっておもちゃで遊んでやってロンドの気持ちを落ち着かせ、鳴きやむと外に出し

てやる、ということを繰り返しました。

すると、入れられても鳴かなければ出してもらえるということを学習したようで、ようやくロンドはケージに慣れてくれました。

ここまで来るのに二週間かかりました。

初めてのお留守番は一時間半ほどでした。そのころはケージに慣れたのか、入れても鳴き叫ぶこともなくなんの問題もありませんでした。

大きくなれば三〜四時間ぐらいケージの中でお留守番できるようになりますから、そうなると、パピーウォーカーとしてはずいぶん楽になります。お留守番は少しずつ慣らしていくしかありません。

「オシッコ、ウンチの世話といい、起きているときは危なくて一時《いっとき》も目が離せないとか、家を空けられないとか、まるでまた赤ちゃんがやってきたかのようだね」

と、おとうさんと話し合ったのもこのころのことでした。

そして、かわいくてかわいくて、見ているだけで抱きしめたくなり、幸せな気分にひたれるのも赤ちゃんとまったく同じなのです。

とはいえ、一難去ってまた一難。またまた覚えてほしくない、イヤな遊びを覚えてしまいました。

それはゴミ箱をひっくりかえして中のゴミをあさり、くわえて走り去る、というものです。ゴミが散らばること自体はどうってことはないのですが、変なものを食べられては大変です。

さらに困ったことには、なにか危なそうなものをくわえているとき、あわてて取り上げようと「NO!」と叫んで近づくと、今までだったら抵抗はしてもじっとしていたのに、最近は学習したのか、くわえたまま逃げ出すようになってしまいました。

仕方がないので、ゴミ箱は床に置かず、椅子の上に移動させることになったのでした。

このころのロンドはケージで暴れることはほとんどなくなりました。エサでつってケージの中に入れ、鍵を下ろすと一瞬「クウン」と鳴いて悲しそうな顔をするけれど、すぐに大人しく伏せの体勢でじっとしています。

その代わり、開けてやったときの興奮は凄まじいものがあります。飛びついてきて顔をベロベロなめまわす、ついでに鼻を噛もうとする、手にも当然むしゃぶりついてくる。抱っこから下ろすと、足にまとわりつく、噛みつくなど、とにかくしばらく一緒に遊んで相手になってやらないとおさまりがつかないのです。

パピーウォーカーを始めてわかったことは、子犬を育てるのが意外と大変だということ。委託式のとき、「十何年もやっています」という人がいらっしゃいましたが、今になって、それはすごいことなのだと実感しました。おそらくパピーウォーカーだから大変なのではなく、子犬はもともと手のかかるものなのでしょう。

私は犬を飼うのは初めてなので、毎日、「このやり方でいいのかな、ああしたほうがいいのかな」と〝迷い道くねくね〟です。

おとうさんは週の半分以上家にいないので、私がほとんど一人で面倒を見ることになるだろうと覚悟はしていたのですが、とてもとても、一人では到底無理でした。もう少し大きくなって落ち着きが出てくると平気なのかもしれませんが、今はどんなときも目が離せないうえ、洗濯物を干そうとする傍《そば》から引っ張って行ってしまう、畳むときは畳むときですべて蹴散らしてしまう、台所に立つと、下でチョコマカするので危なくてしょうがない、等々……。

だいちゃんやみいくんが赤ちゃんのときはどうしていたかなあ、と思い出そうとするのですが、さっぱり思い出せません。

たまたま委託直後が試験期間だっただいちゃんが、午後から帰ってきてくれていたので、手伝ってもらえてラッキーでした。

それでも食事中のだいちゃんに「ロンドがごはんを食べたあとはオシッコとウンチが出やすいので、気をつけて見ててね」と頼んでおいたのにロンドがお漏らししたりすると、

『見てて』って頼んだでしょう、役に立たないんだから。おかあさんは洗い物もできないの？」などとつい悪態をついてしまいます。それまで失敗したオシッコをずいぶん片付けてくれていたのはだいちゃんたちだというのに。

つい、些細なことでイライラしてしまうのも、育児中に似ています。

〝No！〟はノー

委託直後の嵐のような時期が過ぎて三週目に入り、「ようやく落ち着いてきたかな」と思っていたら、いやな遊びをまた覚えてしまいました。

ソファーに上がることです。

それもただ上がるだけでなく、そこですっかりくつろいでいるのです。いったい何様だと思っているのでしょう。

もちろん、前に書いたように盲導犬にとってソファーに上がることは絶対NGです。なんとしてもやめさせなければならないので、ロンドがソファーに上がるたびに「NO！」と怒って下におろすことを繰り返していました。

ところが、それで改善されるどころか、ますます調子にのったロンドはよけいにソファーに上がるようになってしまったのです。

いったいどうすればいいのだろう……私たちは途方に暮れました。すると、みぃくんが新聞紙を使ってハリセンを作り、ソファーを叩いて出る大きな音でロンドを追い出す方法を思いついてくれました。確かに一時的には効果はあったのですが、結果はハリセンがボロボロになっただけでした。

今だから思えることですが、ロンドがソファーに上がるのは、大抵、私たちが食事をしているときでした。食事が終わってリビングでくつろいでいるときには、なぜかソファーには上がってきません。

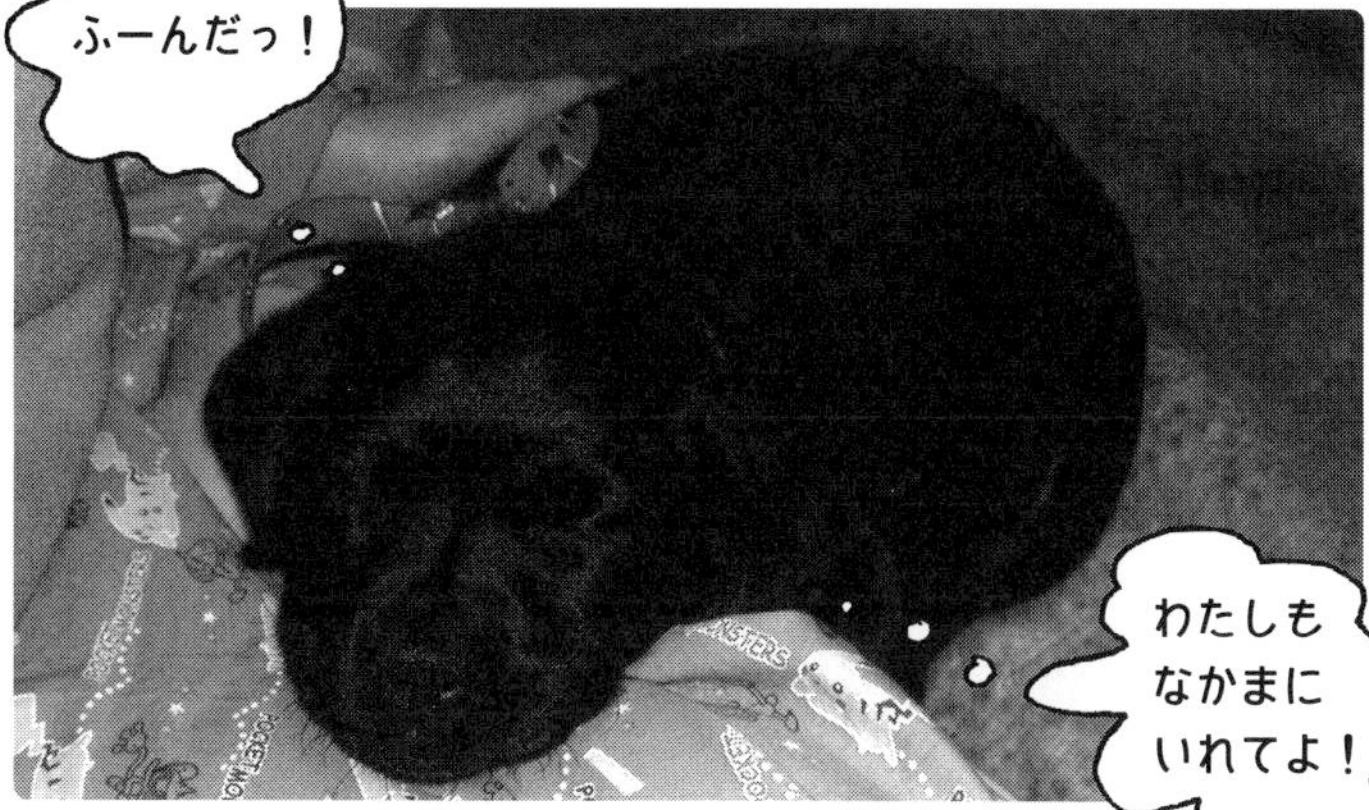

そう、きっと寂しかったのです。みんなで楽しそうにおしゃべりしながら食事をしているのに、その仲間に入れてもらえないことが……。

だから、自分に注目を浴びるため、ソファーにわざと上がったのでしょう。そうすれば、「NO！」と言いながらも、誰かが自分のところにやってきて相手をしてくれるのですから。

そして、破壊力も増してきました。

ラブラドールのパピーは口卑《いや》しいので有名です。なんでも食べてしまうし、生《は》え変《か》わり前の歯がイガイガするのか、とにかくなんでも口に入れてガジガジかじるのです。

私たちのメガネは大抵やられてしまいました。だいちゃんは携帯を壊されたこともあります。

なによりも子どもたちにとってショックだったのは、ゲームのコントローラーを壊されたことでしょう。

常日頃、出したものは必ず片付けるように口を酸《す》っぱくして言っています。特にロンドが来てからは。ですから、片付けていなかった自分たちが悪いわけです。

「自分が悪いのだから、我慢するか、自分のこづかいで買いなさい」

そう言ってやったときの子どもたちの悲壮な顔ときたら……。

もちろん、後日ちゃんと買ってやりました。私はそこまで鬼ではありませんから。

こんな調子ですから、コントローラー以外にも子どものものはずいぶんと壊されました。パピーウォーカーを始めてからずいぶん経《た》ったころですが、子どもたちに「もう一度、パピーウォーカーをやりたい？」と聞いたことがあります。私は当然「うん、やりたい！」、そんな言葉が返ってくるのを期待していました。でも、返ってきた答えは「ビミョー」。どんなにかわいくても、自分たちのものが壊されることはこたえるようです。

こんなふうに手探りの中での子育てでしたが、いろいろな助言ももらいました。

いつも出入りしている酒屋さんとはこんな話をしました。この酒屋さんは家でゴールデンレトリバーを飼っているそうです。

「この犬種は本当にびっくりするぐらい賢いよ。人の言葉がちゃんとわかるようになるんだから。〝ドア閉めて〟と言ったらすぐ閉めに行ってくれるし〝疲れたから靴下脱がして〟と言ったら、くわえてちゃんと脱がせてくれるし……」

それを聞いた私は、失敗したトイレのあと片付けまで邪魔するものだから、ロンドに思わず「このバカ！」と叫んだら吠えられてしまったというエピソードを話すと、

「……でしょう。ダメダメ、そんなこと言っちゃ。とにかく褒めてあげることですよ」

と言われてしまいました。

「賢いものだから、家族の一員みたいになってしまうんですよね。だから、きっと別れるときはものすごくつらいですよ」

という、私には身にこたえる忠告も。

ずっとあとになってからですが、散歩中に出会ったプロの犬の訓練士さんは、

「盲導犬の子はね、愛情をたっぷりかけて育てることが一番大切なんですよ。幼少期に受けたその愛情が、大人になってから受ける訓練に大きく作用するんです。なんでもいいから、愛情を一杯かけてあげてくだ

さいよ」

と言っていました。

〝愛情をかけて褒めて育てる〟というのは委託式でも言われたことです。

そういえば、テレビである女優さんが話していたのですが、飼っている犬がトイレをなかなか覚えてくれないので叱ってばかりいたそうです。でも、これではいけないと思い、叱るのをやめてなんでもいいから褒めることにしたそうです。それもオーバーな演技で。

そしてトイレを失敗したときは、「まあ、こんなに賢いあなたが失敗するなんて、信じられない～」とオーバーリアクションを取っているうちに、あっという間にトイレを覚えてしまったというのです。

そうですよね、「褒めて育てる」。忘れがちだけど、これが基本なんです。

家族の一員と思えるほどの愛情をかけてやらないといけないのがパピーウォーカーの務め。

でも、愛情をかけてやればやるほど、家族という思いが強くなるわけですから、別れのつらさもよりいっそう強くなる。

「パピーウォーカーというのはなんだか切ないボランティアだなあ」と、そのとき思ったものです。

ちなみに、私もロンドがトイレを失敗したとき、「まあ、いったいどうしたの～？」とまねをして言ってみましたが、ロンドはまったく素知らぬ顔で、悲しいことに効果はありませんでした。

しょせん私は大根役者。とうてい女優になれそうにありません。

ロンドと暮らし始めてから三週間経っていましたが、これらの助言をきっかけに、

初心に返って一から子育てをやり直すことにしました。

委託される前にレトリバーの本はたくさん買っていましたが、子犬の育て方は少ししか載っていません。そのため犬種にかかわらず、子犬の育て方が載っている本を買い込んで隅々まで読みました。大抵はすでに知っていたり、経験済みだったりすることが多かったのですが、中にははっと気づかされることもありました。

私は、「この子は盲導犬になるのだから甘やかしてはいけない」と思い込みすぎていたようです。もっと優しく接しなければならなかったのです。

ロンドはきっと甘えたくてたまらなかったに違いありません。なのに、私たちときたらロンドに対して「NO!（ダメ）」の連続。手を噛んだといっては「NO!」、ソファーに上がったといっては「NO!」、靴を運んできたといっては「NO!」。とにかくなにかするたびに「NO!」の連続でした。

これではロンドも息が詰まるというよりも、いったい「NO!」の意味がなんなのかさえわからなくなってしまうでしょう。

それで子どもたちと相談して、ルールを決めることにしました。

手を噛んだときは「痛い！」と大きな声で叫んで、手を後ろに隠してそっぽを向き、大人しくなったら「Ｇｏｏｄ《グッド》」と褒める。遊んではいけないもので遊んでいるのを見つけたときは、「Ｏｕｔ《アウト》」と言って放させる、すぐに放したら「Ｇｏｏｄ」と褒める。ソファーに乗ったときは「ロンド」と呼ぶ、すぐに下りてやってきたら「Ｇｏｏｄ」と褒める。そして、「ＮＯ！」と言うのは、トイレを失敗しそうになったその瞬間だけ、というようにです。

　これでロンドがうまく賢い犬に育ってくればいいのですが、どうなることでしょう。

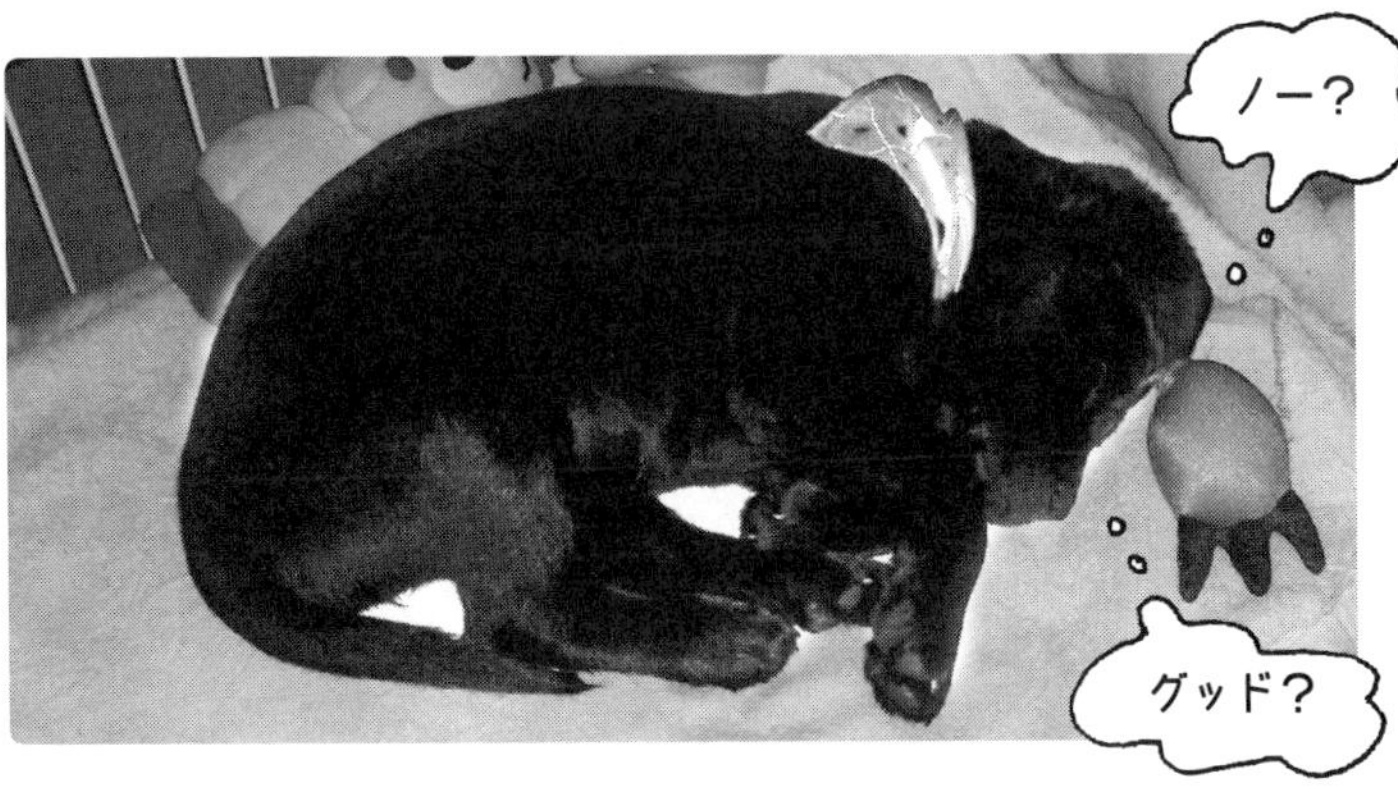

ロンドの顔はこのころから少しずつ変わっていきました。パピーの面影は薄くなってきて、成犬のミニチュア版という感じです。

一日のサイクルも決まってきました。朝は起きる、ひと遊びして朝ごはんをもらう、またひと遊びして寝る。目を覚まして少し遊ぶとお昼ごはん、少し遊んでおかあさんと昼寝。夕方寝ていてほしいときに目を覚まし、さんざんおかあさんの用事の邪魔をして、落ち着いたころに夕ごはん。食後、みんながごはんを食べているときは大人しくしているけど、食べ終わるとまた遊び出し、あとは朝まで寝ている。これがロンドの一日です。

またケージにも慣れてきて、私が忙しくて相手をしてやれないとき、ふと気がつくと自分で入って中で寝ていたこともありました。一方、トイレはだいたい食後遊んでいる最中に失敗することがほとんど。パターンはわかっているのですが、夢中になって遊んでいるのをトイレに連れて行ってもいやがるばかり。すべて失敗した日もありました。

でも、私たちが見ていないとき、自分でトイレに行ってしていたこともありました。ロンド自身はまったくトイレでする気がない、というわけでもないようです。

トイレトレーニング

前にも書きましたがロンドは早起きです。それに引き換え私は低血圧なので、目が覚めてから起き上がるまでにずいぶん時間がかかります(目を覚ましていきなり起き上がると、目の前が真っ暗になり倒れそうになるのです)。

今日も「出してくれ」というロンドの声で目が覚めたものの、すぐには動けません。

そこで横のベッドに寝ていただいちゃんに(普段は子ども部屋で寝ていますが、おとうさんの出張のときは同じ寝室の隣のベッドで寝ます)、ロンドを出してやるように頼みました。

すると、ロンドはサークルから出たとたん、私のもとに一目散に駆けてきて私の顔をべロベロなめ回したのです。そこまでは「やっぱり、かわいいもんだなあ」と喜んでいたのですが、私と同じベッドに寝ていたみいくんが、サークルの中に設置してあるトイレを見て、

「あれ、ウンチがなくなっているよ。ほら、ウンチの跡だけがある」

と言い出しました。

そう、ロンドは朝にウンチとオシッコをする習慣です。トイレを見ると、確かにウンチの跡だけが残っていました。

ということは、私はウンチを食べた口でベロベロとなめ回されたことになります。

「ぎょえぇ」、低血圧なんてなんのその、私は叫び声を上げて洗面所に走っていくのでした。

ロンドのオシッコのことでは、よく子どもと喧嘩をしました。

私が買い物などなにか用事をしているときと、ロンドのトイレのタイミングが重なるときは、子どもたちに「もうじきトイレだから、気配がしたらトイレに連れて行ってね」と頼んでおくのですが、彼らはゲームやテレビに夢中で、失敗させるどころか、失敗したこ

とさえ気がつかないのです。

「ちゃんと見ておいてねって頼んだでしょう」

「見てたよ」

「でも見てなかったときもあるんでしょう」

「そんなことない、ずっと見てた」

「ずっと見てたんなら、失敗したことさえわからない、なんてことないでしょう」

「でも見てたもん。見てたときはトイレしてないもん」

「だけど、現にオシッコ失敗してるじゃない。どうして見てたのに気がつかないのよ」

「そんなの知らないよ。わからないもん。見てたことは間違いないもん」

子どもたちはいつも、決して自分たちの非を認

めようとしません。

そんな押し問答が続いたある日、とうとう私のほうが切れてしまい、「もういい、おかあさんは知らない、あなたたちで勝手にしなさい！」。そう叫ぶと、お昼からベッドに入ってふて寝してしまいました。

その間、ロンドは子どもたちに任せたまま。もちろんトイレは失敗だらけです。

夕方になってさすがに放っておくわけにはいかないので、子どもたちと口をきかないまま、黙々と用事を片付けました。

やがて帰ってきたおとうさんが取りなして、「子どもたちも反省しているようなので、これからは気をつけよう」ということで決着がつきました。

それにしても、子どもたちが冬休みに入ってからトイレの失敗がすごく増えたような気がします。

ロンドも子どもたちがいると興奮気味で落ち着かないようだし、また普段ならそばにいるので私もトイレの気配に気づきやすいのですが、子どもたちのところをはじめ、あっちこっちでウロウロするものだから、私が知らない間に失敗している、ということがしばしばだったのです。

かといって子どもたちに頼んでも、ほとんど当てになりません。

「最初から子どもはいないものと思って当てにしなければいいじゃない」

おとうさんは言いますが、なかなかそんな気持ちにはなれないものです。


トイレに連れて行っても、いやがってすぐに逃げ出してしまうロンド。しかも逃げ出したとたん、その場で〝ジャー〟オシッコをわざとするのです。

それで逃げ出せないようにトイレを小さなサークルで囲むことにしました。

「このサークルさえ届けばトイレトレーニングもスムーズにいくに違いない」

私はサークルが届くのを心待ちにしていました。

ところが、せっかく届いたこのサークルにロンドはいやがって入ってくれないのです。

ケージもいやがっていたし、もともとこういう檻《おり》のようなものが苦手なのでしょう。

そろそろトイレの時間だと思ってトイレサークルの中に入れると、もう大騒ぎ。「出してくれ!」と、ギャンギャン鳴いてトイレどころではありません。あまりにも騒ぐので仕

方なく出してやると、トコトコと走って行ったと思ったらそこでシャー。

おとうさんは現代文という入試科目を論理的に解くことを売り物にしている予備校講師ですが、「ロンドには論理が通用しない」といつも嘆いていました。

サークルとは別に〝トイレしつけ用スプレー〟というものも買いました。それは、よく失敗する場所に犬のいやがる臭いをつけて、そこでさせないようにするためのものです。

ところが、すごく臭いが漂《ただよ》っているにもかかわらず、ロンドは平気でそこでしてしまいました。

ペットショップの人に「これは効き目あるよ」と薦められて買った高いスプレーだったのに。「金返せ！」と言いたくもなります。そして、これでダメなんだから、もうどうしていいかわからなくなってきました。

おとうさんから「いったん、トイレサークルに入れたら、トイレをするまで出しちゃダメだよ。〝鳴けば出してもらえる〟と思うようになるから。とにかく〝トイレしなければ出してもらえない〟って覚えさせないと」と忠告を受け、サークル閉じ込め作戦を敢行することにしました。

その日は、朝ごはんを食べるとすぐにロンドをトイレサークルに入れました。いつもならごはんのあとにトイレをすることが多いからです。

ところがロンドは、出してくれと悲しげに「クーン、クーン」と鳴くか、強行突破しようとしてサークルに激突するか、ふて寝するかのいずれかで、決してトイレをしようとしないのです。

それでも「入れておけばいつかはするだろう」と見張りながら待ちましたが、ロンドも意地になっているのか、しようとしません。

でも、「するまでは、なにがあっても出してはいけない」と言うおとうさんの言葉どおりにがんばることにしました。三人で代わる代わる見張って、オシッコをしたらすぐに「Ｇｏｏｄ《グッド》」と思い切り褒めて出してやろうと思うのですが、それがなかなか……。とうとうお昼も回ってしまい、ごはんも迷ったあげくトイレサークルの中でやることに。

いつもなら元気に走り回って遊んでいるのに、いつもなら私の横でお昼寝するのに、いつもなら……、それが今日はサークルの中でいっさいなしなんて。見ているこっちがつらくなってしまいました。

結局、ロンドが根負けしてオシッコをしたのが夕方五時。普段の三倍はあろうかという量でした。サークルに入ったのが八時ですから、約九時間も入っていたことになります。それだけ膀胱も大きくなったということなのかもしれませんが、なんだかこっちが精神的に疲れてしまいました。

そして、悲しいことにその三〇分後、私が晩ごはんを作っているとき、見ておいてくれるように頼んだだいちゃんがトイレに行っているわずかなすきに、ロンドはウンチとオシッコをたて続けに失敗したのです。これでは、なんのためにがんばってサークルに閉じ込めたのかわかりません。

というわけで、疲れるだけなのでサークル閉じ込め作戦はたった一回でやめになったのでした。

やはり、論理は万能ではありません。少なくともロンドにはなんの効果もありません。ロンドに関してのおとうさんのアドバイスは、結局なんの役にも立ちませんでした。

そこで、訓練士さんに相談してみると、「一緒にトイレサークルの中に入って遊んでやるといい」とアドバイスを受けました。遊んでいるうちにトイレをしたら、「Ｇｏｏｄ」と褒めて出してやるのです。

さっそく試してみると、午前中はまったくうまくいきませんでしたが、午後からは三回も成功することができました。

それと、子犬は空間把握能力が未熟なので、広い場所だとどこがトイレなのかわからなくなるのだそうです。それで、ロンドの行動範囲を狭くするために、サークルや園芸でよく使うフェンスを使って行動範囲をリビングだけにしました。

もちろん、トイレの場所を覚えれば行動範囲も少しずつ広げていくつもりです。

このようにいろいろ工夫するのですが、なかなか成果に結びつかず、まさに亀の歩みのようでもありました。

だいたい、トイレトレーニングというのはバタバタしているとうまくいかないものなのです。ある日のこと、朝はみぃくんの塾のテストの送り迎え、昼はやはりみぃくんの習い事であるヴァイオリンの送り迎え、とそれぞれはそんなに長時間ではないのですが、何度もロンドをケージに入れなければならない日がありました。当然、トイレのタイミングがうまく取れず、失敗ばかりでした。

朝、私がみぃくんを塾に送って帰ってきたとき、「ケージから出してすぐトイレサークルに入れるのはかわいそうだし、機嫌よく遊んでいるから、見張っていれば大丈夫だろう」

と油断したのが失敗のもとでした。てっきり、シット（お座り）しているものだと思っていたら、いつの間にかオシッコをしていたのです。

そのあと「午前中、もう一回ぐらいするかな」と思って、散歩から帰ってきてトイレサークルに一緒に入り、遊びながらオシッコをさせようとしたのですが、結局、一時間遊んでも出なかったのであきらめました。膀胱が大きくなったからか、サークルがイヤなのか知りませんが、「この一時間を返せ！」と叫びたい気分になりました。

お昼ごはんを食べたあとは、みぃくんを習い事に送りに行かなければなりません。「最近、膀胱も大きくなったようだしケージの中であまりしなくなったので、ちょっとの間だから大丈夫かな」と思って出かけました。

でも……案の定、ケージの中でオシッコをしていました。そして、オシッコのついたタオルを片付けているわずかなすきに、今度は階段にウンチをされてしまいました。

「もう！」。腹を立てながらウンチを片付けていると、そのすきにまたオシッコを。

「一回したじゃない。まだあったのか……」

なんだか情けなくなりました。昼寝から目が覚めたあとも、トイレサークルに連れて入り遊ばせましたが、するそぶりを見せません。

みいくんのお迎えの時間が迫ってきていたので、とりあえず寝室用のサークルに入れて(この中だと、トイレをするスペースが作ってあるので安心です)、洗濯物を取り入れました。すると、やはりその最中にオシッコを。

もう少し早くしてくれればいいのに、本当、タイミングが悪いですよね。

でも、夕方は学校から帰ってきただいちゃんの努力もあり、ちゃんとトイレでしました。夕食後は私が遊ばせながらしました。

トイレトレーニングというのは、とにかく、じっくりと腰をすえてしないとうまくいかないのです。見てないところでロンドが自分からトイレに入って成功しても、褒めてあげることができず、がっかりすることもしばしば。「明日もまたトイレトレーニングの果てなき戦いが始まるのか」と思い、ブルーな気分になったことがいったい何度あったことでしょう。

協会へお泊り

ロンドが我が家にやってきてひと月近く。

ちょうど年末の忙しい時期になりました。仕事の関係で長期の出張に出かけていたおとうさんが、二週間ぶりにようやく家に帰ってきた日のことです。夜遅く帰ってくるなり、「ロンド〜!」。普段ならぐっすり寝ている時間なのに、ロンドはしばらく大興奮。

「やっぱり、ロンドはおとうさんのことを覚えていてくれたんだね」と言うので、「違うよ、お客さんが来ると異常に興奮するから、きっと、おとうさんのことをお客さんだと思っているんだよ」と教えてあげました。

でも、おとうさんは決して認めようとはせず、「そんなことないもん!」と口を尖《とが》らせています。

結局、興奮したらいつもそうであるように、ロンドはオシッコを二回もお漏らししてしまいました。「この時間にこんなにオシッコしたら、次の日の朝、起床後すぐにサークルの中でするはずのトイレをしてくれないかもしれないじゃないか」と、私はおとうさんに怒り心頭でした。

一時《いっとき》も離れたくないほど、かわいくて仕方がないロンド。

でも、そのロンドを協会に預けなければならなくなりました。というのも、私たちはロンドの委託の打診を受ける前から、年末年始にかけて温泉旅行に行く計画を立てていたからです。

「今さらキャンセルするのも……」と思って相談すると、旅行など、やむを得ない用事のときは協会で預かってくれるということでした。せっかく帰ってきたと思った次の日に、おとうさんはもうロンドとお別れです。

確かに旅行は楽しみにしていたことなので、行きたい気持ちに違いはなかったのですが、やはり、ロンドを協会に預けることには少し抵抗がありました。

しかし、いずれ私たちのもとを離れて協会で過ごすことになるのです。それを考えると今のうちに少しでも慣れておいたほうがいいのだ、そう納得することにしました。

旅行に出かける前日、だいちゃんに抱っこされたロンドは、おとうさんの運転で協会へとお泊りに行きました。

家から出発する直前、だいちゃんは車の窓を開けてくれました。私は「元気でね、すぐ

迎えに行くからね」と、ロンドの頭を車外から優しくなで、まるで今生《こんじょう》の別れのように車が見えなくなるまでその姿を見送ったのでした。

こんな風ですから、旅行中もロンドのことが気になって仕方がありません。なにをしていても口をついて出てくるのは、「今ごろ、ロンドどうしているかなあ？」「ちょっと電話で様子を聞いてみようか」などという言葉ばかり。

もちろん、さすがに電話はしませんでしたが……。

帰りの車の中では、家には寄らずそのまま迎えに行くことになっていたので、「おとうさん、もっとスピード出して！」「もっとはやく！」と、みんな口々に無理難題を言うのです。

スピード違反で捕まったらどうするのでしょう。

その後もう一度だけ、スキー旅行に行ったときもロンドを預かってもらいました。夜遅くに旅行から帰ってきたので、次の日に迎えに行っても良かったのですが、このときもむりやりその日のうちに迎えに行きました。

もし、ロンドがずっとうちの子でいてくれるなら、こんな無理はしません。

ロンドとの時間には限りがあります。

たとえ一日でも、私たちにとってロンドと過ごす時間はとても大切なものだったのです。

迎えに行き、協会の方に案内された部屋でロンドが連れて来られるのを待っていると、扉のガラス越しにその姿が見えました。

「あっ、ロンドだ！」

ロンドもすぐに気がつき、下におろされるやいなや、私たちのところへシッポを振りながらすごい勢いで飛んできました。

まずは私のところへ。飛びついて、顔から耳の穴までなめ回し、手をカジカジと噛み、もう大興奮です。次はだいちゃん、その次はみぃくん、そして、おとうさんに行くのかと思っていたら、その横を走り去り、興奮のあまり部屋をグルグルと走り出しました。

「おいおい、おとうさんはどうしたの?」

係の人の言葉も耳に入らないようです。やはりここでも「お客さん」を証明したおとうさんなのでした。

協会ではとってもお利口さんだったそうで、褒められると自分のことのようにうれしくなるから不思議です。

そのとき、ロンドには顔に筋があり、それはとてもめずらしいのだと教えてもらいました。その筋が特徴的なので、すぐにロンドの見分けがつくというのです。私たちはロンドしか知らないし、毎日見ているものだから、まったく気がつきませんでした。

そういうことを聞くとおとうさんは黙っていません。

「これは吉兆に違いない！」と大騒ぎです。

「だって、盲導犬クイールも羽の模様の痣《あざ》があったんだろう。これはきっと、ロンドが運命的ななにかを背負って生まれてきた証拠に違いない」

親バカもここまでくるとたいしたものです。

そんな帰り道のことです。おとうさんが「やっぱり、ロンドにとっておかあさんは特別なんだね」と言いました。

確かに、迎えに行く前、「真っ先に誰のもとに行くだろう」という話をしていました。私はてっきりみいくんだと思っていたのです。というのも、いつも私の足もとでウロチョロしていることが多いロンドですが、みいくんが帰ってくるなり、私の足を蹴飛ばすようにしてみいくんのもとに走って行くからです。

「たまたま私のところに来ただけだよ」

「違う違う、他の人にはあんな甘え方はしないよ。今日も、みんなの顔を見て、ちゃんとおかあさんを選んで飛びついて行ったんだよ。ロンドは賢いからその点は間違いない」

「そうかなあ、だいちゃんやみいくんのことも好きだよ」

「うーん、でも違うんだ。二人のことは好きだけど、おかあさんのとは違うんだ。おかあさんはロンドにとってもおかあさんなんだよ」

それを聞いて私は胸が痛くなりました。協会に迎えに行ったときのあの喜びよう。いつかロンドが卒業して協会に引き取られる日が来たとき、もう二度と会えないのに、ロンドはいつの日か私が迎えに来てくれるものと信じて待ち続けるのでしょうか。

いいえ、きっとロンドは盲導犬になっても、キャリアチェンジしても、その家族を愛し愛されることに精一杯で、私たちのことなんか思い出す暇なんてないでしょう。

それは私たちを忘れたというわけではなく、ロンドがそこで一生懸命生きている証しなのです。

人は死の直前、走馬燈のように今までの人生を思い出すといいます。やがてロンドが天寿を全《まっと》うして天に召されるとき、子犬時代一緒に暮らした私たち一家のことを、そして「おかあさん」のことを微笑みながら思い出してくれるに違いない――私はそう信じています。

散歩デビュー

ロンドが我が家に来て一ヶ月半、待ちに待った散歩デビューの日がやってきました。

三回の予防接種が済むまで、免疫のついてないパピーは外で歩かせることができないのです。なんといっても、子どもたちが犬を飼って一番やりたかったのがこの散歩です。

もちろん、おもちゃで遊んだり、追いかけっこをしたりするのもそれなりに楽しいのですが、犬と散歩するのが彼らの最大の夢でした。そして、その夢がかなう日がやってきたのです。

散歩といっても、いきなり首輪やリードをつけて外を歩くわけではありません。まずは抱っこ散歩というものがあります。

それはパピーを抱いて家の外に出て近所をひと回りすることで、外の景色、通行人、車の音などの外界に慣らしておくというものです。

パピーが小さいうちはいいのですが、九・二キロにまで成長したロンドを抱き上げるのはなかなか大変です。なにせ一〇キロのお米の袋を持って歩くのと同じなのですから。

私たちが温泉旅行から帰ってから、少し遅い初詣《はつもうで》に子どもたちと三人で行くことになりました（おとうさんは仕事でいません）。

そのとき、「ロンドをどうしようか」ということになりました。まだ予防接種が終わっていなかったからです。

　お留守番させようかとも思ったのですが、ロンドと初詣できるチャンスはもうありません。私たちには来年という言葉はないのです。それで、思い切って連れて行くことにしました。

　かといって、重くなったロンドを抱っこして、どうやって神社まで連れて行けばいいのでしょう。

　そこで考え出したのが、自転車のカゴに乗せることです。ロンドは不安そうでしたが、大人しく乗っていてくれたのでみんなで支えながらなんとか行けました。境内の中では三人で代わる代わる抱っこしてお参りしまし

た。

ロンドが無事、大きくなりますように——そう神さまにお願いしました。

そんな苦労も散歩デビューを果たせば、もうしなくてもいいのです。どこへでもロンドと歩いて行けるのです。

最初は協会の人に付き添ってもらい、散歩における際の注意を受けながら、三〇分ほど近所を歩きました。ロンドは少し不安そうでしたが、いやがることなく最後まで自分で歩きました。もちろん、最初からまっすぐ同じペースで歩けるわけがなく、こちらの思いどおりに歩いてもらうにはまだまだ時間がかかりそうです。

散歩におけるポイントは、家を出る前に排泄《はいせつ》を済ませ、散歩中にさせないようにすること。家を出るときは必ず人間が先に出ること。左側通行で犬が左側になるように歩くこと。電信柱に近づいて臭いを嗅がせないようにすること。雑草が生えているところは避けること。お年寄りや小さな子どもと出会ったら、立ち止まって通り過ぎるのを待つこと（万が一にでも、飛びついてびっくりされて怪我でもされたりしないように）等々……。

もちろん、「最初はうまくいかないので、あまり神経質にこだわる必要はない」とのことでした。そのことにこだわって注意ばかりしていると、散歩の嫌いな犬になってしまい、それは絶対に避けなければならないことだからだそうです。

今は散歩の楽しさを教えること、これが一番大事なのです。

ロンドは幸いにもいやがらず簡単にすっと歩いてくれましたが、中には怖がってテコでも動かない犬もいるそうです。

今日はいつも抱っこして歩いている道を行きましたが、びっくりしたのは、家が近づいてくるとロンドは道を間違えることなく自分で歩いて家にたどり着いたことでした。ちゃんと、家への道を覚えているのです。

「本当に賢いのだなあ」と感心する一方で、「じゃあ、なんでトイレを覚えてくれないのかなあ」と不思議でなりません。そういえば散歩の最中にオシッコもウンチも漏らしてしまいました。

散歩に出るようになってからは、夕方、家中を暴れて走り回ることがなくなりました。

ただし朝晩二回行くのは当然としても、一回につき一時間かけなければいけないルール

だったのです。

最初にそのことを訓練士さんから聞いたとき、私は思わず「一日にですか？」と聞き返してしまいました。

もちろん最初のころはそんなに長く歩かなくてもいいそうですが、これからどうやって一日二時間も時間を取ろう――そんな思いで私の頭ははちきれそうでした。

一方、肝心のトイレについて訓練士さんに質問したところ、ある程度成長してくると自然に覚えるようになるし、個体差があるのであまり気にしなくてもいい、ということでした。

パピーウォーキングが修了する間際になってようやく覚えた子もいるし、極端な話、最後まで覚えなかった子もいたけれど、最終的には訓練でちゃんとできるようになったというのです。そんな話を聞くと少しほっとする一方で、もしそうなったら、それもなんだか悲しいなと思ったのでした。

そして、ロンドの体重は、気がつくと一〇キロを大幅に超え一一・六キロになっていました。

一歩、そして、また一歩

散歩デビューを果たしてすぐ、ロンドの乳歯が抜けました。口から血を出していたので、びっくりして口の中をのぞいてみて気がつきました。いよいよ大人の歯への生《は》え変《か》わりです。

そして、初めてシャンプーもしました。

どんな反応をするだろうかと、デジカメとビデオを構えてスタンバイ。シャンプーはおとうさんとだいちゃんがしました。

最初、シャワーから出てくる水に興味を示して自分からかかりにいったのですが、すぐに「これはイヤ！」とばかりに、風呂場から出ようとするのです。

それを取り押さえて、シッポからゆっくりと、お尻、背中、頭とお湯をかけて濡らしていきます。そして協会から支給されたシャンプーを手に取って泡立てて体を洗うのです。

いやがって暴れ回るということはありませんでしたが、やはりあまり好きではないようで、ロンドはそわそわしてすきあらば風呂場から脱走しようとするため、取り押さえるのが結構手間でした。

シャンプーが済むと、今度は逆に頭からシャワーのお湯をかけて泡を流していきます。

隅々まで丁寧にかけようと思うのですが、ロンドがじっとしてくれないのでなかなかうまくいかず、お風呂の壁まですっかり水浸しになってしまいました。

おまけに、シャワーを済ませ脱衣場に出てきたロンドの体からは水がポタポタ滴《したた》り落ち、それがいっそう水浸しに拍車をかけます。

「シートを敷いておけばよかったね」

雑巾を何枚も使って床を拭きながら言いましたが、あとの祭りです。

体を拭くにも、猫のときの何倍ものタオルを使います。ロンドは短毛で子犬だから楽なはずなのですが、やはり猫とは大きさが全然違うということなのでしょうね。これで長毛のゴールデンレトリバーの成犬だったら、どんなにタオルがいるのだろうか、と思うと恐ろしくなりました。

体を拭くと次はドライヤーで乾かすのですが、あのゴーという音が怖いのか、逃げ回ります。それを無理に押さえ乾かそうとすると、頭をだいちゃんの腕の中に埋め、決して出そうとしないので、乾かすことができるのはお尻ばかりです。

「頭隠して尻隠さずやな」とおとうさんは

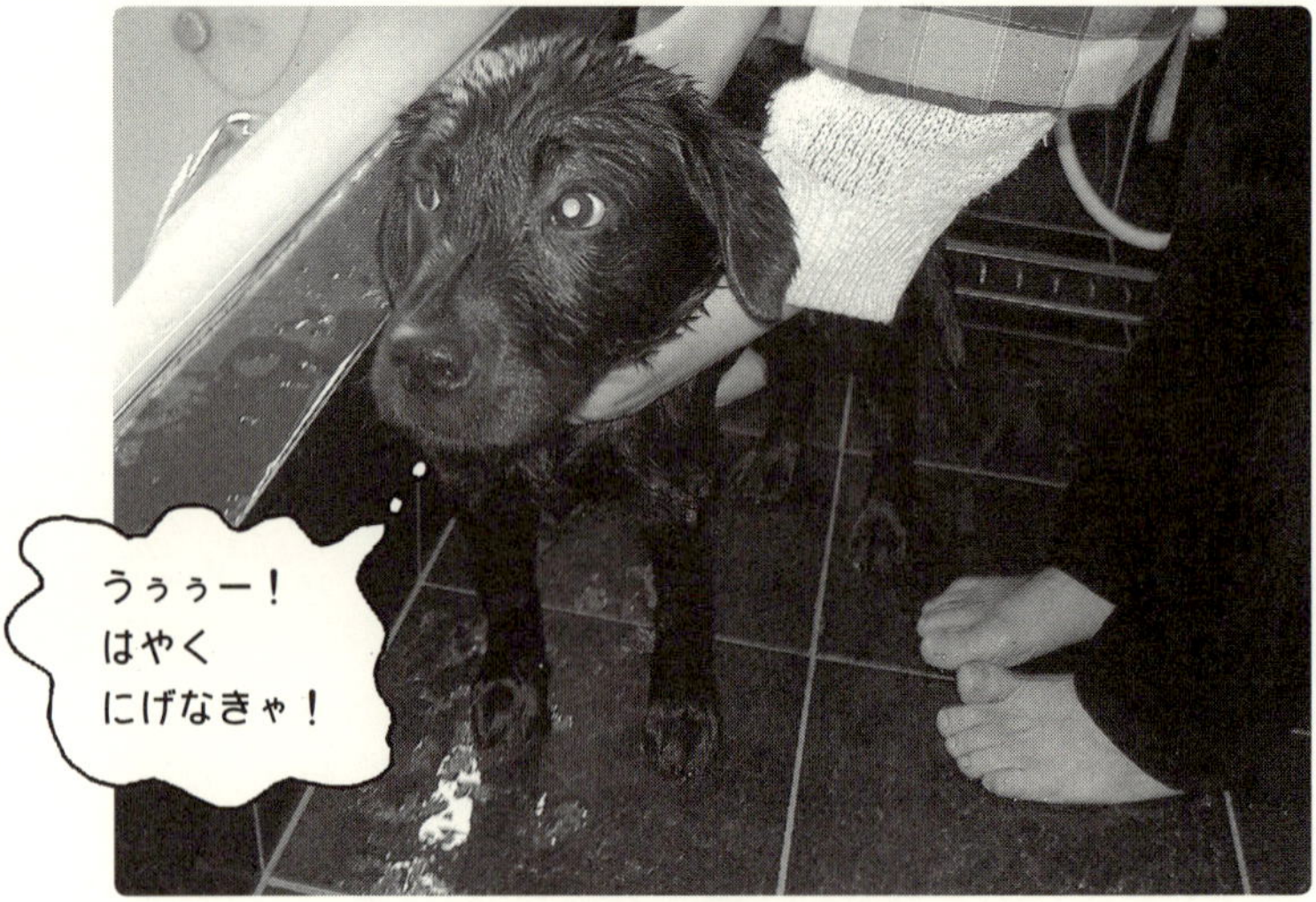

言いましたが、ちょっとことわざが違うような気が……。
とにかく、初シャンプーは多少の混乱はあったけど、無事終了しました。
以前飼っていた猫を初めてシャンプーしたときは、天井まで駆け上がるのではないかというほどの暴れようで、私は引っ掻かれて噛まれて、キズだらけになってしまいました。ドライヤーなんてとんでもなくて、逃げまどう猫に遠くからピストルで撃つように温風を当てるのが精一杯。
それを思うと拍子抜けの初シャンプーなのでした。

散歩が始まると、ようやく犬と暮らしているんだな、という実感がわいてきました。

散歩のルールも決まりました。朝に一時間私が行き、夕方は三〇分だけ私が行き、だいちゃんが学校から帰ってきたら残りの三〇分を行く、というものです。もちろん、休みのときはおとうさんが行ったり、みいくんもついてきたりと、その時々で臨機応変に対応するつもりです。

その散歩で困ったことがいくつかあります。まずトイレ。事前にウンチをさせるというのは難しいのであきらめているのですが、せめてオシッコだけでもと思い、オシッコが済んだころを見計らって出かけるのです。でも必ずといっていいほど、散歩中にしてしまうのです。

また、こちらの思いどおりには絶対進んでくれません。

ロンドはトイレサークルの一件でもわかるように、大人しくて人に従順そうに見えますが、意外に頑固な一面があります。散歩でもそうで、自分がこっちの道と思うと、違う道に行かせようとしてもテコでも動こうとしません。

それを強引に連れて行くと、「ふんっ、じゃあ散歩なんか行かないわ」とばかりに、すごい勢いで走って家に帰ってしまいます。

駐車場の中に入って行き、たまたまそこの持ち主の方がおられて、

「犬なんか連れて来られたら困る」

と叱られたこともありました。

「すみません」

そう謝って強引にロンドを引っ張って出ましたが、それ以来、駐車場を通るたびに入ろうとするロンドと格闘しなければならず、それだけでも一苦労です。

また、ロンドは道行く人みんなに興味があるらしく、すぐに近づいていって飛びつこうとします。犬好きな人は「まあ、かわいい」と言って、「いいのよ、気にしなくて」となでてくれたりしますが、大半の人は不機嫌そうに去っていってしまいます。そして、ロンドはそれを追いかけようとするから大変なのです。

特に小さな子どもと自転車が大好きで、走って飛びつこうとするものですから、取り押さえるのにとても力がいります。この小さな体のどこに、と思うような馬力です。

さらに、なんでも拾い食いをしてしまいます。

ロンドの場合、散歩というと走っているか、興味のあるものを見つけてそれにじゃれつくか、食べようとして立ち止まるかのいずれかです。「一度でいいから普通に歩いて散歩したい」とつくづく思います。家に帰ったときはいつも、ロンドと私は息も絶え絶えの状態になるほどです。

でも、走っている間はいいのです。困るのは拾い食いです。ロンドと散歩するようになってから、道路というものがいかに汚れているかがわかりました。

この時期は落ち葉が多く、ロンドはその一枚一枚に反応して食べようとします。落ち葉ならまだいいのですが、煙草の吸い殻、お菓

子の食べかす、ガム、空き缶など、道路には食べられたら一大事なものがわんさかあります。変わったところでは、ノラ猫にあげようとしたエサがそのまま放置してあったこともありました。

……それはともかく、ゴミをポイ捨てする人がなんと多いことか。

以前シンガポールに行ったとき、ちり一つ落ちていない街に感心した覚えがあります。それには国をあげての努力が必要で、あちらではチューインガムは禁止されていました。そこまでしろとはいいませんが、もう少しなんとかならないものでしょうか。

散歩はこんな風にさんざんでしたが、このころ初めてオシッコを一度も失敗しない日がありました。そのときは、本当にうれしくて飛び上がりそうでした。それ以来、たまに失敗することはありましたが、大抵はトイレでしてくれるようになりました。それだけでも大進歩です。

でも、悲しいことにウンチを必ず散歩中にするようにもなってしまいました。三歩進んで二歩さがる。

それでも、着実に前に進んでいきました。

ロンドが来てからの二ヶ月。

それは本当にあっという間でした。

ロンドがトイレを失敗するたびに、なにか変なものを食べたりするたびに、誰が悪い、自分は悪くない、と家族の間で喧嘩ばかり。どこかに出かけるにも、何時間で帰ってこられるか、誰がお留守番できるか気にしなくてはならないので、なかなか気楽に出かけられません。

だいちゃんの学校のＰＴＡの集まりなどは、三時間以内に帰ってくるのは不可能なので（往復だけで二時間以上かかります）、出席を見送らざるを得なくなってしまいました。

午前中も「やれやれ家事が終わったぞ」と思っても一時間の散歩が待っています。散歩に行けば行ったで、周りの人の迷惑にならないよう、車などの事故に遭わないよう気を使うばかりで、楽しい散歩とはかけ離れたものです。

だけど、不思議なことにロンドのことはかわいくてかわいくて、嫌いになんかならないのです。いつも泣かされてばかりのみいくんでさえ、「ロンドがうちの犬だったら良かったのに……」と言います。私はいつもロンドとのお別れのシーンを想像しては涙ぐんでし

まい、おとうさんに笑われています。

みんなで「こんなにかわいいのはロンドだからだろうか、それともラブラドールはみんなこんなにかわいいのだろうか」という会話を交わすこともありました。

このままあと八ヶ月、人なつこい、かわいいロンドのままで育ってくれればと、心から思うのでした。

ずいぶん、賢くなってきた

散歩が始まり、トイレも少しずつ覚え、ロンドとの平穏とはいえないけれど、充実した日々が続いていきました。

たまたま、だいちゃんの試験休みとみいく

んの学級閉鎖による休みが重なった平日に、二人を前に上を下へのどんちゃん騒ぎを起こしたり。

散歩から帰って来て、ウンチを片付けているちょっとしたすきに、玄関から飛び出して脱走事件を起こしたり。

おとうさんとみいくんの二人に散歩へ連れて行ってもらおうとしたら、テコでも動こうとしなかったり。

そんな小さな事件を起こしながら、私たちのロンドへの愛情は深まっていくのでした。

そんなある日、念願だった服部《はっとり》緑地公園へ家族みんなで出かけました。

ロンドが来る前、子犬が来たらあれがしたい、これをしたい、あそこに連れて行こうといろいろ考えては家族で盛り上がっていましたが、そのうちの一つに「緑地公園へ散歩に行く」がありました。

ようやく、その夢がかなったのです。

ロンドは車に乗っている間こそ怖がって緊張していたようですが、公園に着いて車を降りたとたん、いつものロンドに戻り、さっそくオシッコとウンチをしたあとはうれしそうに走り回っていました。

最初はボールだけを持って行く予定だったのですが、おとうさんの提案でフリスビーも持って行くことになりました。

するとロンドは大興奮、みいくんが投げるフリスビーを嬉々《きき》として追いかけていくのです。猛ダッシュで走るため、リードを持つだいちゃんは大変です。一度、私がリードを持っているときにもフリスビーを投げられて、その勢いに思わず転びそうになったほどでしたから。

おとうさんは「リードをはずしてあげたら」と言いますが、やはり、万が一のときのことを考えるとそれはできません。遠くに投げたフリスビーを空中でキャッチするロンド……それは想像の中だけで楽しむことにします。

持って行ったフリスビーは真ん中が開いていて、ドーナツのような形になっています。すると、ロンドはなにを勘違いしているのか、真ん中の穴から口を入れてくわえるのです。

その姿が歴史の教科書に出てきた、大きな円形の襟の服を着ているフランシスコ・ザビエルの肖像画のようで、思わず笑ってしまいました。

公園とくれば、ロンドと切っても切れないのが滑り台です。

緑地公園にはたくさんの滑り台があるのですが、天気が良かったせいか、小さな子が多くてどの滑り台も一杯です。

にもかかわらずロンドは滑りました。いろんな滑り台をすべて試しました。小さな子たちを押しのけ、一緒に来ているおとうさんたちに飛びつき、隣のおかあさんたち

をなめ回し、いたるところで迷惑をかけながら、シッポを高速フル回転させて滑っていました。
私はそのたびに「すみません、ごめんなさい」とお詫び行脚《あんぎゃ》です。
でも、皆さんいい人で「犬も滑ってる」と笑って許してくださいました。

結局、ちょっとだけと思っていたのに、気がつくと一時間以上も公園にいました。最後は帰るのをいやがるかと心配しましたが、ロンドもさすがに疲れたのか、すんなり帰ってくれました。行きとは違って、自分から車の中に乗り込むほどでしたから。
喉も渇いたのでしょう、五〇〇ミリリットルの犬用の水筒に水を入れて持って行っていたのですが、それを全部飲み干してしまいました。

車の中でもずっと「ハッ、ハッ」と言ってましたから、すごい運動量だったのだと思います。こんなに喜ぶのならちょくちょく来てあげたいと思うのですが、忙しいのでなかなか難しいかもしれません。

「今度は宝塚に新しくできたドッグランに一度行ってみたいね」と、私たちの夢は膨らむ一方でした。

やがてロンドはその賢さをだんだん発揮しだしました。

最近、みいくんが塾へ通い始めたので、その

お迎えに夕方の散歩は駅まで行ってみることにしました。

車通りの多い駅前へ行くのは初めてのことです。本当は落ち着きのないロンドを連れて行くのは不安だったのですが、将来を考えいろんな経験をさせようと思い、がんばることにしました。私一人では不安だったので、だいちゃんについてきてもらいました。

案の定、ロンドは途中の公園に入ろうとして（昼間散歩によく連れてくる、ロンドのお気に入りの場所です）、公園の入り口でテコでも動かないぞ、と踏ん張っていましたが、道に足爪の跡がつくぐらい、むりやり引っ張っていきました。

駅前では、電車を降りてきた人を見て大興奮。一人一人に飛びつこうとするので、それを取り押さえるのが大変でした。

　みぃくんが予定の電車に乗っていなかったため、次の電車を待つ間、だいちゃんが駅周辺をひと回りしてくれました。でも、駅の周りはゴミだらけで、それを食べようとするロンドと格闘するのが大変だったそうです。

　最後はシットさせたロンドを私が抱きかかえるようにして待ちました。すると、思ったより大人しく待ってくれました。

　みぃくんは電車から降りてくると、ロンドが来ているとは思っていなかったらしく、少し驚いたようでしたが、とてもうれしそうでした。

犬と一緒にお出迎え。「これもなかなかいいな」と思い、みいくんのお迎えには必ずロンドを連れて行くようになりました。

するると、朝の散歩のときです。

駅前を通るとロンドはずんずん一人で改札口に向かって進んで行きます。そしてちょこんと改札の前で、人が出てくるのをシットして待っているのです。

そうです、ロンドはみいくんが来るのをじっと待っているのです。

まるで忠犬ハチ公です。

さすが盲導犬の卵、と感心しました。もちろん、みいくんが出てくるわけはないので、動こうとしないロンドを改札から立ち去らせるのは一苦労でしたが……。

バカバカ、バカ！

一日二回、一時間ずつ散歩をしなければならないことは以前にも書きましたが、最近ようやくそのペースに慣れてきました。

盲導犬はユーザーの行くところなら、どこへでもついて行くことになります。そのためできれば盲導犬になったときのことを考え、いろいろな経験をさせておくのもパピーウォーカーの務めです。

とはいえ、まだ盲導犬になったわけではないので、パピーは他のペットと同様、電車やバス、お店や公共施設の中へ入ることはできません。そういう限られた条件の中で、できるだけの経験をさせなければならないのです。

そこで今日は踏切の横断に挑戦することにしました。

といっても、うちの最寄り駅は高架になっていて踏切がありません。踏切は隣の駅まで行かない

とないのです。ただでさえ散歩でわがままぶりを発揮するロンドを連れて隣駅まで行くのは、正直言って少し勇気がいりました。

でも、以前みぃくんが欲しがっていたゲームソフトを買いに、ロンドの散歩ついでに子どもたちと隣駅近くまで行ったことがありました。そのときよりは成長しているのでなんとかなるだろう、と思い出発しました。

最寄り駅から線路沿いに隣駅へ向かいます。車の通りも結構多く、途中の公園では小さな子が遊んでいたので気を使いましたが、なんとか無事到着しました。

そして、いよいよ踏切横断です。こちらの思惑どおり遮断機が下りていてくれたのでラッキーです。果たしてロンドは大人しく待っていてくれるでしょうか？

遮断機の下りた踏切に到着すると、「シット！」と大きな声で叫びながら、ロンドのお尻を押さえて座らせました。「ウェイト！」、一緒に座りながら、ロンドを抱くような体勢で電車が通り過ぎるのを待ちます。肝心のロンドは意外と大人しく、フードを待っているときのいつものきょとんとした表情でじっとしていました。

いよいよ電車の通過。

すごい轟音ですが、ロンドは相変わらずさっきと同じ表情でじっとしているではありませんか。

うーん、さすが。赤ちゃんのときから抱っこして車の通りの多いところに連れて行っていたかいがあったのか、こういう騒音はまったく平気なようです。どうやら盲導犬になっても大丈夫、ちゃんとやっていけそうです。

帰りは線路沿いの道を小走りで帰りました。往復一時間とちょっと。散歩コースとしてはちょっとハード目のコースとなりました。


こんなこともありました。

お風呂場の扉は万一ロンドが入るといけないので、いつも閉めるようにしています。子どもたちもよく気をつけていたので、今までロンドがお風呂場に入ってしまったのはわずか数回で、入ってもすぐに気がついて外に出していました。

でも、この日お風呂の用意をしたのはたまたま早く帰ってきていたおとうさんでした。

そして、普段お風呂を入れたことがあまりなかったおとうさんは、ついうっかりとお風呂場の扉を開けっ放しにしてしまったのです。そこへロンドは忍び込んだというわけです。たまたま私が洗面所に用事があって行ったため、すぐに気がついてあわてて外に出しましたが、そのときロンドはすでに石けんを食べていました。急いで石けんを取り上げ、子どもたちを呼びました。

洗面器に水を入れ、子どもたちにロンドを取り押えさせ、私はロンドの口の中を洗いました。いやがって暴れるロンドと戦いながら洗うのですが、洗っても洗っても泡が出てきます。

手は噛まれてキズだらけ。それでもどうにか泡が出なくなって、やれやれと思って寝室にもどると、サークルの中にあるトイレに焦げ茶色のツブツブが……。「ウンチにしては変だな」、そう思いながらよく観察してみると、それはウンチ色に染まった砂でした。

以前も、ウンチに胡麻《ゴマ》みたいなものがいっぱい混じっていて驚いたことがありましたが、それは、散歩中になめてしまった砂が消化されず、そのまま出てきたことが原因でした。

今回も散歩中に砂を食べてしまったに違いありません。ということは、ウンチ本体は……？

そう、相変わらず食糞の癖は治っていなかったのでした。

この前の巡回のとき、職員の方に「ウンチを食べる癖がまだ治らないのですが」という相談をしたら薬を渡してくださいました。その薬には食糞を治す作用はないのですが、ウンチに犬がいやがる臭いをつける作用があるらしいのです。

「でも、これで治った例《ため》しは、なかなかないんですけどね……」と笑っておられました。

それでも治る場合もあるのだから、と思ってごはんと一緒にあげて

いました。だけど、その薬の効果があるかどうかはついにわかりませんでした。

というのも、最近は散歩中にウンチをすることが多く、ロンドがウンチを食べる前にすぐ始末できるようになったからです。

それにしても、石けんといい、砂といい、ウンチといい、ロンドの味覚ってどうなっているんだろうと不思議でなりません。ラブは口卑《いや》しいと聞いていましたが、石けんまで食べるとはほとほと感心します。

しかし、これだけでは終わりませんでした。その日の夕食は焼き肉でした。

私が野菜を切ったり、焼き肉プレートを出したりしているとき、おとうさんはそれを手伝ってくれていました。そして、「もうロンドはテーブルに顔が届くから、肉は最後に食卓に持って行かないと食べられるかもしれないよ」という私の注意にもかかわらず、おとうさんは誰もいないテーブルに肉を持って行ってしまっていたのです。

はっと気づいたときには、テーブルの上にはロンドの顔が……そう、すでに舌をベロリと出して肉を食べてしまったあとでした。おとうさんの目の前で、肉の半分ほどが一瞬でなくなったそうです。

「バカバカ、バカ！」

みんなの非難を浴びておとうさんは肉を買いにスーパーへと走りました。

ロンドはそんなことはお構いなしに涼しい顔です。

「ロンドに肉を喰わせるのはもったいないと、つくづく思ったよ。どんなにいい肉でも、一口でベロンと舌ですくい上げるようにして食べておしまいだもんな。絶対、味わってないよ」

とおとうさんは変な感心の仕方をしていましたが、そんな問題ではないと思うんですよね。

生肉をそんなに食べてお腹は大丈夫だろう

かと、そちらのほうが心配でした。

とにかくロンド自身は元気なので、あわてず様子を見ることにしました。

来年はないのだから

散歩前のウンチとオシッコも定着し、トイレの失敗はほとんどなくなりました。そして、最初は湯水のように使っていた消臭スプレーも、気がつくといつまでもなくならないようになっていました。

もちろん、相変わらずいたずらもします。

でも、ロンドにとってそれは遊びの一つ。「子どもは遊びながら成長するものだ」と私たちも余裕を持ってロンドと接することができるようになりました。

その日はおとうさんと緑地公園に車で出かけました。

歩いて行くのもいいのですが、それだと往復だけで一時間以上かかってしまうので、公園で遊ぶ時間をあまり取ることができません。

もっと遊びたがるロンドを、いつも引きずるようにして帰っていたこともあり、「たまには公園でたっぷり遊ばせてやろう」と思って車で来たのでした。

少し歩いたあと、いつも行く広場にたどりつきました。平日の昼間なので、犬を散歩させる人がちらほらいるだけでガラガラです。持ってきたボールで遊ばせようとすると、おとうさんは、「リードをはずしてやろうよ」と突然言い出しました。

「ええっ、そんなことして、万が一のことがあったらどうするのよ」

私は、あまり乗り気ではありませんでした。

「大丈夫だよ。小さな子もいないから飛びつく心配はないし、車もないから交通事故の心配もないし」

「でも、そのまま走ってどっかに行っちゃったらどうするのよ」

「大丈夫、絶対もどってくるって」

おとうさんは妙に自信ありげです。

それでも私が渋っていると、隣のベンチに座っていたおじさんが、

「犬は必ず飼い主のところへもどってきますよ」

と言いました。

すると、「ほらね」と私の返事も聞かないうちに、おとうさんがリードを放してしまいました。

リードを放すとボールをかなり遠くまで投げることができ、ロンドも人間の速度に合わせる必要がないので、思い切り走ることができます。おとうさんとロンドは、何度も投げたボールを追いかける遊びを楽しそうに繰り返していました。

結局、おじさんの言ったとおり、ロンドは必ず私たちのもとにもどってきて、どこかへ走り去るということはありませんでした。

結果オーライとはいえ、おとうさんの行動にはいつもハラハラさせられます。


ボール遊びが終わると、私たちはふだんなかなか行けない公園の奥へ足をのばしました。そこは満開の梅林になっていて、絶好の梅見となりました。咲き乱れる梅の花の下を、ロンドはお構いなしに歩いて行きます。

犬には花のきれいさなんて関係ありません。でも、花の下を歩くロンドはなんとなく様になっていてかわいかったです。

この公園には桜並木もあるので、「今度は花見に来たいね」とおとうさんと話しました。

「……こんなにきれいなのに、来年はロンドと梅見に来ることはないんだね」

おとうさんがポツリともらしました。

「来年は協会で訓練を受けているのね」

「僕たちとロンドの間には来年というものがないのだから、この一瞬一瞬を大切にしたいね」

「いろんな経験をいっぱいさせて、楽しい思い出をたくさん作らないと……」

そんなことを二人で話しながら公園をあとにしました。ロンドはもう少し遊びたそうでしたが、まあ、満足したのではないかと思います。

そして、ロンドの体重は一七・六キロになっていました。

さよなら、ロンド

そんなある日、私は前日の夜から喉が腫《は》れて痛く、微熱がありました。薬を飲んで早めに寝ましたが、朝起きてもまだすっきり治っていません。

「最近、ロンドの散歩は体力がいるのでしんどいなあ」と思っていたら、なんと珍しいことにおとうさんが自分から「僕が散歩に連れて行こうか？」と言い出しました。大人しくついて来るようになったので、おとうさんはちょっぴりそのことが自慢なのです。

どうせ三、四〇分で帰ってくるだろうと思っていたら、なんと一時間ちょっと行っていました。

「ロンドは僕の言うことをよく聞くよ。シットと言ったらちゃんと座るし、リードを放してボール投げしても、ちゃんともどって来るし」

「ええっ、またリード放したの？」

「まあ、ちょっとだけな」

無事だったからいいようなものの、なにかあったらどうするのでしょう。

そして、夕方の散歩はだいちゃんが行ってくれました。

よく考えると、ロンドが散歩に行くようになってから、少なくとも午前か午後のいずれか一つは私が必ず連れて行っていたので、まったく散歩に行かない日というのは初めてのことでした。

行ったら行ったで大変なのですが、結構口

ンドとの散歩は気にいっていたので、まったく行かないというのも、なんだか寂しい思いをしました。

私が散歩に初めて行かなかった日、ロンドはちょうど月齢が満五ヶ月になりました。そして、次の朝からエサの量が三五〇ccに増えました。

その増えたエサをロンドはいつもと変わらぬすごい勢いであっという間に平らげてしまいました。

……でも、ロンドはその量の増えたエサを二度と食べることはできませんでした。

その日は土曜日で朝からバタバタと気ぜわしい日でした。

みいくんの習い事であるヴァイオリンの送り迎え、買い物、ロンドの散歩。その合間に洗濯、掃除、洗い物……午前中にすべてを一人でこなさなければなりませんでした。おまけに、昼からみいくんのソルフェージュ(注)と弦合奏のレッスンのために音大へ送って行かなければならず、遅れないようにお昼ごはんも大急ぎで作って食べさせなければなりません

（注）旋律を音名や階名で歌う歌唱訓練

でした。

大抵、おとうさんかだいちゃんのどちらかが家にいて、どれか一つか二つは手伝ってもらえるのですが、その日はあいにく二人とも仕事と学校で留守でした。

私一人で間に合うだろうか……焦りながらそれでもなんとか家事をこなしました。

あとはみいくんを音大へ送り届けさえすればひと息つけます。

いつもどおり、「ロンド、散歩だよ」と、リードをつけてロンドを車に乗せました。

もともとロンドはすぐに酔うのか、車の中が苦手なようです。盲導犬になったときにそれでは困るので、少しずつ車に乗せて慣らしていこうと思い、このころはみいくんの送り迎えのときなど、ちょこちょこと車に乗せるようにしていました。それとともに、車から降りたら散歩、というルールも決めて、「車に乗るといいことがあるぞ」とロンドに覚えさせることもしていました。

ところが、この日に限ってロンドは車に乗るのをいやがり、激しく抵抗しました。音大に遅れては大変、とロンドをむりやり車に乗せたのですが、仕方のなかったこととはいえ、やはりあのとき留守番をさせておけば……。

車を走らせるとすぐに、後部座席に座っていたみぃくんが窓を開ける気配がしました。みぃくんも車に弱くすぐ酔うのです。そんなときは窓から入る風を顔に当てるのが習慣でした。

それまでロンドを乗せたときに窓を開けたことなどなかったので、少し気になったのですが、「まあ大丈夫だろう、みぃくんが車を降りるときに窓を閉めさせればいいや」と高をくくっていたのでした。

どれくらい走ったでしょうか。大きな交差点が近づき信号待ちをするために徐行し始めたときでした。

みぃくんが後ろで「大変、おかあさん、ロンドが窓から出ちゃった！」と叫びました。

私は一瞬、事態が飲み込めませんでした。

「大変、大変、窓から出たんだよ！」

ようやくなにが起きたのかを理解した私は、

「バカ！　窓を開けたなら、なんでちゃんと見てないのよ！」

　叫びながらパニックを起こしていました。もう、どうしていいのかわからなかったのです。

　でも、車を停めないことにはどうしようもないことに気がつき、あわてて道の端に寄せて停めました。

　そのとき私が考えていたのは、車から逃げ出したロンドをどうやって追いかけようか、ということでした。車を置いたまま追いかけるのはやっかいだな、そう思っていたのです。

※本来、パピーは車のシートには上げずに、座席の下にいるようにしています。

ところが、ロンドは道に横たわっていました。

抱き上げると目と口から出血してぐったりとしていました。道路にはロンドが吐いた血溜りがありました。

もうダメかもしれない。素人目にも明らかでした。

「どうするの？　ねえ、ロンドはどうなるの？」

みぃくんが泣き叫んでいます。

「とにかく、お医者さんに連れて行くのよ」

私は血だらけのロンドを抱きかかえ、車の後部座席に乗せました。

この辺りは何度も通っているので土地勘があります。必死で一番近い獣医さんの場所を思い出し、車を走らせました。

時折振り返るとロンドはハアハア言いながら、ゲフゲフと血を吐いていました。何度目かに振り返ったとき、ハアハアもゲフゲフも止まり、動かなくなりました。

「これはもう、みぃくん、ダメだよ」

私は言いました。

するとみいくんが、

「イヤだ！　絶対にイヤだ。診せるだけ診せなきゃイヤだ」

泣きながらも、きっぱりと言いました。

私はそのまま車を走らせ、目指す獣医さんに着きました。

ところが、ガラス戸越しに見える中の電気は暗くなっていました。

そうです。土曜の午後で診察時間は終わっていたのでした。

せっかくここまで来たのに……私は頭の中がどうにかなりそうでした。どうしよう。とにかく戸を叩いてみよう、そう思って戸を押すとなんと開いたではありませんか。

私は入るなり大きな声で、「すみません、犬が車の窓から飛び出して怪我をしたんです。助けてください」と叫びました。

すると中からお医者さんとその助手と思われる人が出てきて、すぐに車の中からロンドを運び出してくれました。

診察室に運ばれるロンドを見送りながら、私は思わず、

「この子は盲導犬になる子なんです。お願いです、助けてください」

そう叫んでいました。

「今から処置をしますので、外へ出ていてください」

少しほっとしていました。とにかく、お医者さんに診せることができた、処置をしてくれるということは助かるのかもしれない、そう思っていたのです。

どれくらい待たないといけないのかな、そんな思いが胸をよぎったのとほぼ同時に、私は診察室に呼ばれました。

扉を開けると、診察台の上には口に管を通されたロンドが横たわっていました。

「人工的に呼吸をさせていますが、機械を止めると自発呼吸はできません」

「おそらく肺の中はぐちゃぐちゃにつぶれているはずです」

「ここに運ばれてきたときは心肺停止状態でした」

お医者さんの説明が断片的に私の耳に入ってきます。

最後に「どうされますか？」と聞かれましたが、なかなかその意味が飲みこめませんでした。

私が呆然としていたからでしょう、もう一度同じ説明をされました。

「それって、もう、助からない……ということですか？」

お医者さんも助手の人も黙っています。

ようやく、質問の意味を理解した私は、

「わかりました。もう、機械を止めてください。ありがとうございました」

機械が止まり、それと同時にロンドの呼吸も止まりました。

私がその決断をしたのです。

「きれいにしてからお渡ししますから、しばらく待合室でお待ちください」

診察室を出た瞬間、「ロンド、ごめんなさい。ごめんなさい、ロンド!」。

思わず絶叫して泣き崩れてしまいました。

自分の不注意からロンドを死なせてしまった……悔やんでも悔やみきれない思いが私をおそっていました。

泣きながら財布の入った鞄《かばん》を取りに車にもどり、車の中で待っていたみいくんを呼び、ロンドが死んだことを伝えました。

携帯で協会に連絡を取りましたが、何をどうしゃべったのか、ロンドが事故で死んだことと、獣医さんの名前をようやく伝えることができました。

担当者と連絡が取れ次第、協会のほうから連絡をするから待っているように、ということでした。

やがて、きれいにしてもらったロンドは、棺《ひつぎ》用の白い段ボールに入れられて出てきました。

お医者さんと助手の方が二人で車まで担《かつ》いで持って来てくださいました。診察代を払おうとすると、「お役に立てなかったのですから、いりません」とおっしゃってくださいました。本当に、なにからなにまでよくしてもらいました。

そして、いやがるみいくんを音大まで送っていきました。

というのも、中学受験に備えソルフェージュも弦合奏も四月から辞めることになっていたので、この日が最後の授業だったからです。おまけに翌日の弦合奏の発表会を控え、最終のリハーサルがある日でした。それに、死んだロンドと一緒にいるより音大に行っていたほうが気持ちが紛《まぎ》れるのでは、という考えもありました。

みいくんを音大で降ろして家に帰る途中、涙で前がぼやけて、いっそこのまま事故で死んでしまいたい、と思いました。

飼っていた猫に死なれて、「もう死なれるのはイヤだから」と選んだパピーウォーカーなのにどうしてこんなことになったのか。結局、生き物を飼うということは死と隣り合わせだということなのか。

もう、二度とパピーウォーカーなどするものか。

後ろでみいくんが窓を開けるのを知っていながら、「ロンドが出るといけないから、外に出られない程度に開けておきなさい」と、なぜその一言が言えなかったのだろう。

そんなことを考えながら、家へと車を走らせたのでした。

家に着き、ロンドを家の中に入れようとしましたが、一人では持ち上げることができません。

仕方がないので、お向かいさんに助けを頼みました。

あいにく、おばあちゃんしかいらっしゃいませんでしたが、私の話を聞くや驚いたおばあちゃんは、「どうしてこんなことに」と号泣されたのでした。

そう、その日の朝の散歩に出かけるとき、喜んで飛びついてきたロンドに対し、おばあちゃんは「よしよし、もっともっと大きくなるんだよ」と頭をなでてくださっていたのです。

おばあちゃんと私の二人がかりでロンドを家に入れ、いつもいたリビングに置きました。

リビングは絨毯が乱れ、おもちゃが散乱し、ロンドが暴れて遊んだ形跡がそのまま残っていました。

台所には、オシッコを成功させてご褒美をもらったお皿が置いたままになっていました。

「ここにもどってくるはずだったんだ……」

私は胸が締めつけられる思いがしました。

だいちゃんの学校に連絡を入れ、すぐに家に帰るように伝言を頼み、おとうさんの携帯の留守番電話にも伝言を入れました。

そして、血だらけになった車の座席やシートカバーを洗いました。みいくんが見たらまたショックを受けるといけない、と思ったこともありましたが、なにかしていないとどうにかなりそうだったからでもありました。

散らかっていたリビングを片付け、家の中に散乱していたロンドのおもちゃを拾い集めて棺に入れてやりました。

そのとき、私は初めてロンドの顔を見ました。きれいに血を拭いてもらった顔は、まるで眠っているかのように穏やかな表情をしていました。

「ロンド!」と呼べば今にも起き上がってきそうです。

洗濯物を入れると、あとはなにもすることがありませんでした。

じっとしていると、いろんな思いが涙とともに溢《あふ》れ出てきました。たった一人の時間がこんなにつらかったのは初めてのことです。

そうこうしているうちに、学校から連絡を受けただいちゃんが帰ってきました。

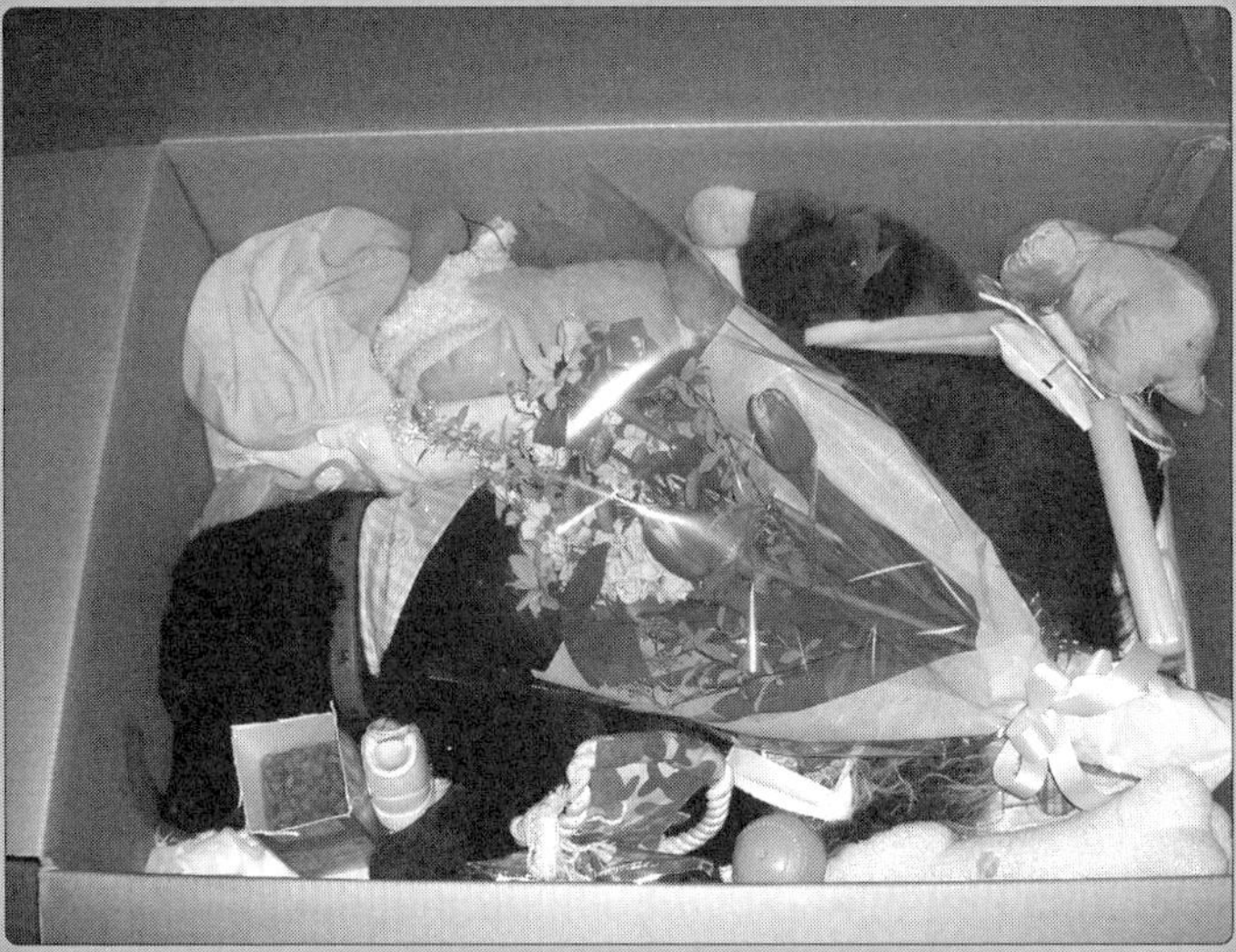

「ロンドはどうして死んだの」

私はあらかたを説明しましたが、細かいことを聞かれると、パニックではっきり覚えていないため答えることができず、「知らない！　わからない、おかあさんにもわからないのよ！」、そう声を荒げてしまいました。

着替えが済むと、だいちゃんはロンドのために花を買いに行き、そのあとずっとロンドのそばに付き添っていたのでした。

家族の中で私の次にロンドの世話をしていたのはだいちゃんだったので、悲しみも人一倍だったに違いありません。

付き添いながら、ずっと泣いていました。

夕方、協会からいつも巡回に来られるパピーウォーカー担当の方が来られました。

「どうも、すみませんでした」。担当の方の顔を見た瞬間、止まりかけていた涙が溢れ出て、玄関先で思わず深々と頭を下げていました。

「奥さん、落ち着いてください。話はゆっくり中で聞きますから。私を含めて協会の職員全員、誰も奥さんのことを責めていませんので、どうぞ頭を上げてください」

どんなに非難されても仕方がない、と覚悟を決めていた私は、その言葉にまた涙したのでした。

リビングに入ると、さっそくロンドの顔を見てもらいました。

「まあ、きれいな顔。まるで眠っているみたい。事故と聞いていたので、もっと悲惨な状態を想像していたのに、これだと、死んだなんて信じられないです」

手を合わせながら、そう言ってくださいました。

私は事の顛末《てんまつ》を覚えている限り説明しました。私が最初に電話連絡したとき、〝交通事故〟と説明したので、どうやら協会のほうでは、車に轢《ひ》かれたものだと思っていらしたようでした。

やがて、みいくんが帰ってきました。ロンドの最後の瞬間を見たのは、他でもない、みいくんです。

みいくんは、窓は全開ではないにしろそれに近いほど開けていた。でも、ロンドが出ないようにリードをしっかり持っていた。おまけに、ロンドは開いている窓とは反対の座席に大人しく座っていた。だから安心していたのに突然飛び出してしまった。リードを持っているままだとロンドの首が絞まってしまい、かえって危ないと思ってとっさに手を離した。

そんな内容を断片的に話してくれました。

「ロンドは散歩のとき、よく風に舞うゴミや落ち葉に反応して飛び出すことがあったから、減速した車の中からなにかを見つけて、思わず飛び出してしまったのかもしれないね」

「いやひょっとすると、車に乗るのをいやがっていたので、意固地のロンドのことだから、機会があれば、車から出てやろうとすきをうかがっていたのかもしれない。それで、ちょうど車が減速したから、ここぞとばかりに飛び出したのかも」

そんなことをみんなで話しました。

ロンドの思い出話をしているうちに、おとうさんも帰ってきました。

「本当に、このたびは申し訳ありません」

おとうさんも真っ先に協会の職員の方に頭を下げました。そして、ロンドの顔を見ました。おとうさんもそのきれいな顔にびっくりしていました。

しばらく、みんなでロンドの話をしていました。

「上等な肉を食べられたときはショックだったけど、今にして思えば最後においしいものが食べられて、ロンドにとっては幸せだったね」

おとうさんがつぶやきました。

「そういえば、ロンドはそそっかしい犬だったね」という話題も出ました。名前を呼ばれあわてて行こうとして、足を滑らせてよく転んでいたロンド。

「本当にあわてん坊なんだから」

そう言うと、また涙がこぼれ落ちてしまいました。

お父さんがぽつんと、

「これからどうする?」と言いました。

「どうするって、何を?」

「だから、パピーウォーカー」

「えっ」

私は一瞬きょとんとして、お父さんの顔を見上げました。今は悲しくて悲しくて、何も考えられません。それなのに、この人はなんて無神経な……正直そう思いました。

「パピーウォーカーは続けるの？」

「そんなの無理に決まっているじゃない！　もうこんな思い、二度としたくない」

その時、お父さんは静かな口調で、しかし、はっきりとこう言いました。

「でも、このままだと一生キズが残ってしまうよ。せっかくのロンドとの生活が悲しい思い出になってしまうよ」

私は声を上げて泣きました。

「それにみいくんのことも考えなくては」

おとうさんのこの一言に私ははっとしました。みいくんは隣の部屋で一人ぽつんと座っていて、もちろん私たちの会話は耳に入っていないようでした。

今まで自分の悲しみのことで精一杯だったけど、みいくんはどれほど恐ろしい思いをしたのか、今でも幼い胸でどれほどの重荷を抱え込んでいるのか、それを思うと悲しんでばかりいられません。

「第一、そそっかしいロンドのことだから、今頃天国で焦っているよ。どうやっておかあさんの所へ帰ろうかって」

その時、駅でみいくんを待っていつまでも座り続けようとしているロンドの姿が脳裏に浮かび、思わずくすっと笑いが出てしまいました。

「そうだよ。おかあさんが元気を出さなければ、みいくんだって元気になれないよ」

私は涙を袖で拭きながら、うなずきました。

「それにロンドはおかあさんのそばが大好きでいつも一緒にいたから、きっと神さまにお願いして、またおかあさんのもとへ生まれ変わってくるよ」

「そうよね。……きっと神さまも許してくれるよね」

私はそうつぶやきました。

「それに、おかあさんがパピーウォーカーを続けていなければ、ロンドがせっかく生まれ変わってきても、おかあさんのもとに帰れなくなるじゃない」

そうだ、そのためにはどんなに悲しくても私はパピーウォーカーを続けなければならないんだ。

「ロンド、もし生まれ変わってくることがあったら、必ずおかあさんのところへ生まれ変わってくるのよ、きっとよ。そうしたら、今度は絶対、盲導犬に育ててあげるから。おかあさんが必ず盲導犬にしてあげるから、おかあさんのところへ生まれ変わっておいで」

私は思わずロンドの顔をなでながら叫んでいました。

数時間前まで、二度とパピーウォーカーなどしないと心に決めていたはずなのに。

でも、いくらやりたいと言っても協会に断られるかもしれません。なにせ、ロンドが死んだのは私の不注意なのですから。

恐る恐る協会の人の顔を見ました。

「協会内で話し合ったのですが、皆さんがパピーウォーカーをもう一度やりたいとの気持ちがあるなら次もお願いしようと思っています。このままでは悔いが残られるでしょうから」

感謝しても、感謝しきれない、ありがたい言葉でした。

最後に、葬式は二日後に協会で行われることになったのですが、それまでロンドをどこに置いておくか、という話になりました。

私は自分の手元に置いていてあげたい気持ち半分、見るのがつらいので協会に預かってもらいたい気持ち半分でした。

どうしよう、と迷っていると、だいちゃんが、

「ロンドはいつも、おかあさんと一緒にいたがっていたのだから、最後も一緒にいてあげるべきだよ」

と言いました。

その言葉で決心がつき、ロンドは葬式の日まで私たちの家で過ごすことになったのでした。

協会の職員の方はかなり長い時間、私たちと話をして帰っていかれました。おそらく、落ち込んでいる私たちを気遣ってくださったのだと思います。

こうして、ロンドは二〇〇四年三月一三日、私たちの前から走り抜けていきました。ロンドが我が家にいたのは、わずか三ヶ月半でした。でも、語っても語りきれないほどの、たくさんのエピソードと楽しい思い出を私たちに残していってくれました。

それは子どもたちの「ロンドって、ちょっとしかいなかったはずなのに、一〇年ぐらいいたような気がするね」という言葉からも、よくわかります。

死ぬ直前のロンドは本当にお利口さんでした。トイレの失敗もほとんどなく、散歩前の排泄も定着しつつありました。

前から無駄吠えはありませんでしたが、人に叱られても反抗的な態度を取ることもなく、大人しく言うことを聞いてくれました。

あんなに苦労したケージも、私が忙しくバタバタしているときは、自分から入っていって、そこで寝るようになっていました。

なによりも人が大好きで、どんな遊びよりも人と一緒にいるのが楽しくてしょうがないようでした。だって、私たちといるときのロンドは、シッポを絶えずうれしそうに振り続けていましたから……。

そして、記憶力もとても良く、散歩の道をきちんと覚えていました。

「こんなにかわいくて、お利口で、怖いくらい」。かえって不安になるほどでした。

春になったら一緒にハイキングに行くはずだったロンド。

五月にはだいちゃんの学校の体育祭を見に行くはずだったロンド。

夏休みの旅行の計画は、どこか犬も泊まれるコテージに行こう、ということになっていました。

琵琶湖へ湖水浴に連れて行きたいね、とも言っていました。

いつも散歩で行くお気に入りの神社の秋祭りはギリギリで行けるだろうか、それとももうお別れしているだろうか、そんな心配もしていました。

本当にたくさんのことを経験するはずだったのに、ほとんどなにも知らないまま、ロンドはあっという間に逝《い》ってしまいました。

ロンドの死に顔は何度目を閉じさせてもわずかに開き、とうとう全部閉じることはありませんでした。それは「もっと、いっぱい、いろんなものを見たかったよう」そう訴えているかのようでした。

生後わずか五ヶ月。人間でいうと一〇歳くらいの、まだまだ遊びたい盛りだったのです。どんなに願ってもロンドには二度と会うことはできません。

でも私たちがパピーウォーカーを続けている限り、その魂に触れていることはできる。そう思いながらがんばっていこうと思いました。

さよなら、ロンド。そして、また、いつかね。

第2章

イエローラブの男の子、かっこいいアンテナ

初めまして、よろしくね

おそらくみぃくんは生涯忘れることはないでしょう。

車が減速して、ロンドが窓から飛び出したとき、みぃくんはしっかりとリードを握りしめていました。みぃくんの話だと、リードを持ったままだとロンドが宙づりになってしまうと思って、手を離してしまったそうです。

そのときの手の感触。

その一瞬が、ロンドの命運を決めてしまいました。

窓から飛び出したロンドはいったん宙づり状態になったあと、運悪く電信柱に体を激しくぶつけて、内臓が破裂してしまったのです。

あのとき、あそこに電信柱がなかったなら。

タイミングがズレて、電信柱にさえ当たっていなければ。

……何度そう思ったことか。

でも、今となってはどうしようもありません。

みぃくんはもともと口数の少ない子どもでした。あれからロンドについて彼から話をすることはありませんでした。ロンドのことは考えないようにしているのかもしれません。家族全員、みぃくんの前ではロンドの話題を避けるようになっていました。

母親の私としても、あの事件を幼いみぃくんがどのように受け止めているのか、正直はかりかねていました。

ロンドが死んでも、私たちはしばらくの間、ケージとトイレをそのままにしておきました。さっさと片付けてしまったらロンドの帰る場所がない、そう思ったからです。

でも、いつまでもそうしているわけにもいきません。ある休日、子どもたちと私はロンドの首輪とリードを持って、歩いて緑地公園に行きました。ロンドとの架空の散歩です。公園でお弁当を食べ、ボール遊びを少ししました。

そして、家に帰ったあとそれまで置いてあったパピーグッズを片付けたのでした。とりあえず、ロンドとの生活はこれで本当に終わってしまいました。なんだか胸の中にぽっかりと穴が空いたみたいです。台所で料理していても、ロンドがそばにいて前足でちょんちょんと合図を送ってくるように思えました。生活のすべてが味気ないような気がしました。

二〇〇四年七月一七日。新しいパピーが私たちのもとにやってきました。だいちゃんは中学三年、みぃくんは小学六年になっていました。みぃくんは翌年に中学受験を控えています。いろいろな意味で大変な一年になることを覚悟しなければなりません。

新しいパピーが来る喜びと同じくらい、私たちの胸の中には不安が渦巻いていました。今度もパピーを死なせてしまったらどうしよう……そのときはどんなにお詫びをしても償いきれるものではありません。

でも、このままでは私だけでなく、みぃくんの心の中にも一生消えないキズが残ってしまうことでしょう。

私たちは勇気を出して、一歩前に進む道を選んだのです。

その子はイエローラブの男の子。ちょうど、アテネオリンピックの年に生まれたのでアテネと名づけられました。なにもかもがロンドと逆さまでした。来た日から物怖《ものお》じせずに

私たちに甘えてきたロンド。初めてあげたフードもあっという間に平らげてしまったロンド。

一方、アテネは……。

委託式は一〇時半からでしたが、おとうさんは仕事で出張中、みぃくんは塾の試験があるため出席できませんでした。仕方がないので、私とだいちゃんが二人でお迎えに行くことにしました。

前回同様、八時過ぎに家を出て協会へと向かいました。ところが、今日委託される四家族のうち、一家族が二〇分ほど遅れるという連絡が入り、式の開始はそれまで待つことになりました。

早く子犬に会いたいのになあ。

でも、このあとすぐにうれしいことが待っているかと思うと、それもまた楽しい時間です。


遅れてきた家族も揃い、いよいよ委託式です。今回は全員経験者ということで簡単な説明で終わりました。そこで言われたことは三つ。自分の名前（アテネ）を覚えさせてください。「Good《グーッド》」と褒めて育ててください。そして、人の呼びかけに反応するように育ててください（つまり、呼んでも無視するような犬にはしない）。

ロンドのときにも言われたことです。どれも簡単そうに見えて、とても根気のいる難しいことです。経験の浅い私にできることは愛情をたっぷり注ぐことだけ。とにかく、それでがんばるしかありません。

説明の最後に言われた、「一〇ヶ月後には、全員揃って無事にここへ帰ってこられますように」という言葉が、私の心にずっしりと響きました。

「今度の子はどんなことがあっても立派に育てて、協会にお返ししなければならない」

「ロンドのためにも、みぃくんのためにも、家族全員で愛情を注がなければならない」

……そう思うと私の胸はプレッシャーで今にも押しつぶされそうでした。


「さて、おまちかねの子犬たちですが、兄弟が少なかったこともあって、みんなとても大きく、足もすごく太いです。きっと、お散歩デビューの時期には一〇キロを余裕で超えていると思います。歩いているとノシノシという感じです。一番小さい子で五・八キロ、大きい子は七・四キロあります」

それを聞いたとき、みんな口々に「わあ、でかーい」と言っていました。私も内心「あまり大きすぎて子犬らしくなく、かわいくなかったらどうしよう」と心配していました。

「では、連れてきますね」

そうして連れてこられた子犬を見た瞬間、「うわ、本当にでかい！」と驚きの声が全員から上がりました。

それぞれの家庭に子犬が手渡されていきます。我が家にやってきたのは少し小さい子で、顔はとてもハンサムさんでした。ちらっと他の子と見比べてみましたが、「一番かわいいじゃん!」、思わず心の中でほくそ笑《え》んでしまいました。
一番不細工だったロンドとはまったく正反対です。体重も六・〇キロで二番目に小さい子でした。

四家族のうち、我が家以外の三家族は以前も同じ兄弟たちを育てていたそうで、交流もあり、とても親しそうでした。今回も「またみんなで集まろう」という話が出て、私たちも仲間に入れてもらえることになりました。

少し兄弟で遊ばせたあと、いよいよそれぞれの家へと別れて行くことになりました。
車の中では、事前に買っていた犬のリラクゼーションのためのCDをかけたのですが、そんなものどこ吹く風とばかりに、不安でたまらないアテネは声を上げて鳴いています。
「向こうでもね、兄弟の中で一番大きな声で鳴いていたよ」
だいちゃんが言っていました。心細くて仕方がないのでしょうけど、かといってだいちゃんの膝に乗るということもなく、座席の上にちょこんと座っていたアテネ。ようやく鳴きやんだのは、もう家に着こうかというころでした。

家に着き、さあトイレと思ったとたん、アテネは新しいパピーのために用意した敷物の上にオシッコを失敗してしまいました。

「あーあ、うまくいかないなあ」

ちょっと不安がよぎります。そして、アテネは私たちのそばに寄ってくることもなく、部屋の隅のほうへと逃げて行くのです。もうお昼どきだったのでごはんをあげましたが、ほとんど食べることなく残してしまいました。

やがて、塾に行っていたみいくんが帰ってきましたが、まったく反応がなく、「今度の子は全然遊んでくれないよう」と嘆いていました。どうやら新しい家に緊張していて、それどころではないようです。晩ごはんも半分ぐらいしか食べませんでした。

ようやく落ち着いて寝た場所も部屋の隅っこ。それも、私たちが近づいてなでたりすると、コソコソと寝場所を変えてしまいます。

かといって人間を警戒しているわけでもなく、仰向けにしてお腹をなでてもまったく無防備です。ひょっとすると新しい環境に戸惑っているだけなのかもしれません。となると、慣れてくれるまで気長に接するしかありません。

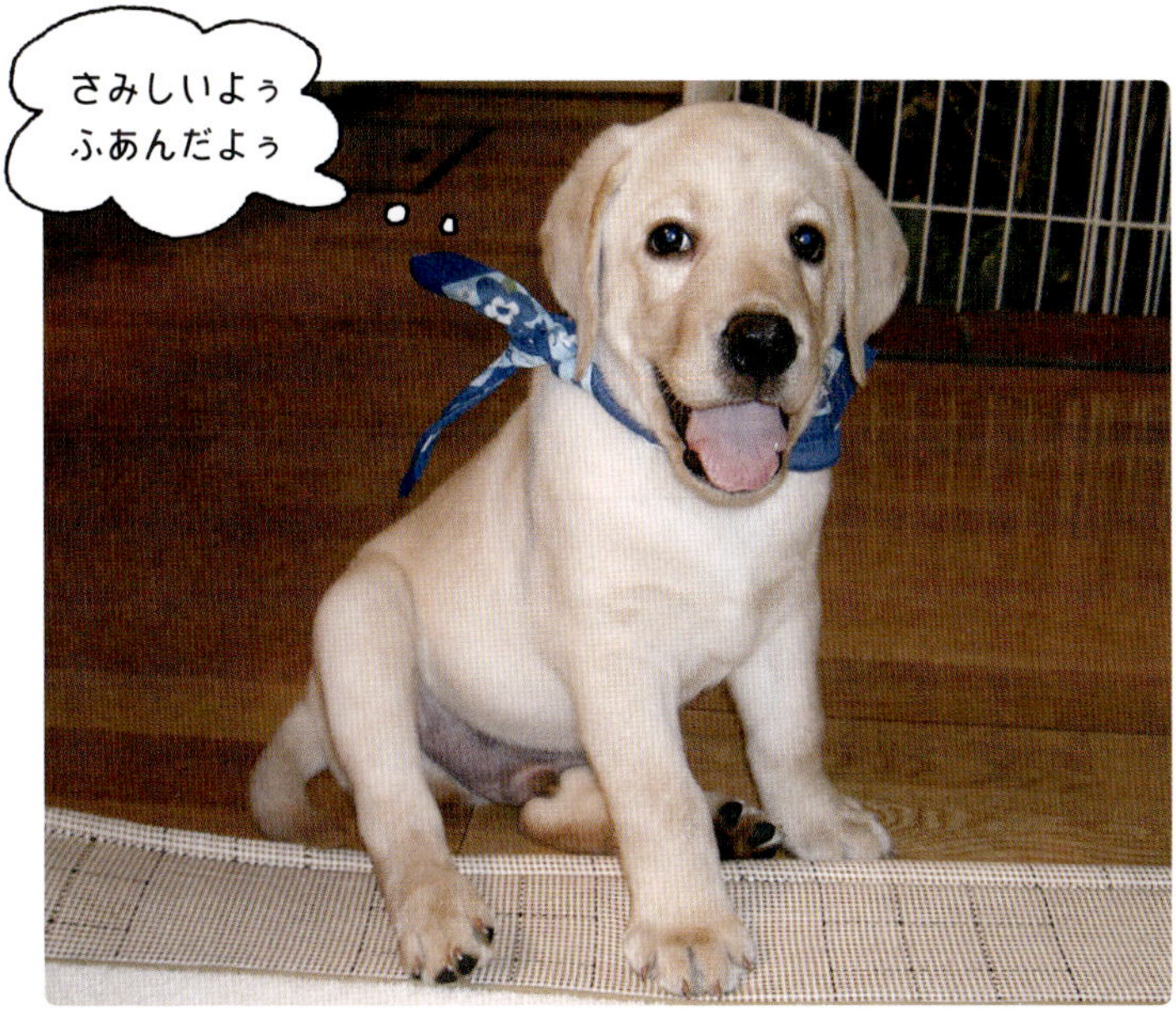

夜寝るときも二階の寝室に移したとたん、怯《おび》えて息をハアハア言わせながら部屋中の臭いを嗅ぎまくるアテネ。サークルの中に入れ、ようやく落ち着いて寝たと思っていたら夜鳴きが始まりました。

鳴くたびにサークルの扉を開け、「ヨシヨシ、大丈夫だからね」となでて慰めてやるのですが、しばらくすると再び鳴き始めるのです。

夜鳴きは以前の経験で慣れていたつもりでしたが、やはりゆっくり眠れないのはつらいです。おとうさんが出張中のため、同じ部屋に寝ていただいちゃんは朝、「今日試合やのに、全然寝れんかったやないか」とぼやいていました。
その日は大事なテニス部の試合の日だったのです。

臆病なアテネ

暴れん坊で大胆だったロンドとは、なにもかも正反対のアテネ。十何年もパピーウォーカーを続けている方がいると聞いて驚いたことがありましたが、一頭一頭パピーの性格が異なるから、何年もパピーウォーカーを続けたくなるんだろうな、と妙に納得してしまいました。

オシッコは夏場のせいか間隔が長く、しかも

起きてすぐと食事のあとという風にタイミングが取りやすかったので、成功率は五分五分でした。これだとトイレを覚えるのも早いかもしれません。

ただ、昨日と同様、ごはんをあまり食べないアテネ。朝昼晩の三回とも、食べきれず残してしまいました。そのせいかウンチをなかなかしないので心配しましたが、夜、寝室に連れてきたとたん、絨毯の上に失敗してしまうのでした。

寝室に慣れたのか、昨夜のように部屋に入ったとたん怯えるということはありませんでした。

食事も少しずつ食べるようになりました。ところが、食べるようになったと思ったら、今度は下痢になりました。たぶん神経性のものだと思われます。とても神経質でデリケートな子なのでしょう。新しい環境に戸惑っているのがよくわかります。

寝ているか、起きていてもおもちゃのぬいぐるみをカミカミして遊ぶぐらいで、本当に大人しいのです。いつも部屋中を走り回っていたロンドに慣れていた私は、なんだか拍子抜けしてしまいました。

初めて抱っこ散歩に出たときも、私の腕の中に抱かれ、周りの景色を物珍しげに見ていたロンドに対して、アテネはとにかく怖がって私の腕から逃れようともがくのです。そして、体をブルブルと震わせていました。

「なにも怖がることはないよ、大丈夫、大丈夫」

私が声をかけたとたん、私のお腹になにか生温かいものが流れてきました。そうです、恐怖のあまりアテネはオシッコを漏らしてしまったのでした。


そして、肝心のトイレ。最初こそ五分五分の成功率で、「これはいける！」と思ったものの、そのあとは失敗の連続。ロンドのときのようにトイレで苦労する日々がまた始まるのかと思うと、私の心はブルーに染まっていくのでした。

しかも、悲しいことにアテネはケージが苦手。入れた瞬間から、近所から虐待を疑われるんじゃないかと思うほどのすごい鳴き声を上げて騒ぎ立てるのです。

これもロンドと同じです。

ああ、似てほしくないところだけ似ている……私はため息をつくしかありませんでした。

アテネが来てしばらくすると、だいちゃんは学校が主催する三週間のインド親善旅行に出発してしまいました。おとうさんは仕事と出張でほとんど家にいないし、みぃくんはまだ小学生なので、私にとって一番の助っ人であるだいちゃんがいなくなるのは大きな痛手でした。

だいちゃんも、「せっかく少し慣れてきたところなのに、僕が帰ってきたときは忘れられているんじゃないだろうか」と心配していました。

実際、だいちゃんが帰国して遅いお昼ごはんを食べていると、食事を済ませソファーで寝ころんでいた私のもとにアテネがやってきて、なんと背伸びをして私の顔を前足で叩くのです。

いつもはテーブルの下など自分の好きな場所で

昼寝をしているのに、何度も私の顔を（決して強くはないのですが）叩き続けるアテネ。

「なあに、どうしたの？」

仕方がないので起き上がってアテネを見ると、とても不安そうな顔。その先にはうどんを食べているだいちゃんの姿が。そう、いつも自分が寝ている場所に自分の知らない人間が居座っているものだから、恐ろしくなったようです。

「大丈夫だよ。怖い人じゃないからね。おかあさんも一緒でしょう」

そう言って抱きしめてやると、すっかり落ち着いてくれました。

我が家に来て一週間ほどでインドに行ってしまっただいちゃんのことを、アテネは完全に忘れてしまっていたのでした。

「失礼な！」、だいちゃんはプンプン怒っていました。

また、玄関に置いてある自転車の荷台の中に入れてみたりもしました。将来体重が重くなると抱っこして散歩に連れて行くのは大変なので、荷台に乗せて散歩ができればいいなと思い、試してみることにしたのです。

ところが、家の外へ出ただけでガタガタブルブルのアテネは、荷台に乗せた瞬間、〝ジャー〟とオシッコを漏らしてしまうのでした。

ケージに入れるとパニックを起こしかけてしまうアテネ。その恐怖をなんとか取り除こうと、ケージに入れてもすぐにその場を離れず、柵越しにおもちゃで遊ばせたり、「大丈夫だよ」と声をかけながら、わずかな隙間から手を入れ首をなでてなだめること一時間、アテネはようやく大人しくなり眠り始めました。

「やったー！」。これでケージも大丈夫かも、と喜んだのもつかの間、慣れた記念に写真を撮ろうと二階の寝室にデジカメを取りに行った瞬間、目を覚ましてしまうアテネなのでした。

あとはいつもと同じ大鳴き。これ以上なだめる元気もなく、あきらめて出してやりました。

「こんなことなら、写真なんて撮ろうとするんじゃなかった」、と後悔してもあとの祭りです。


その日の夕食が終わったころ、おとうさんが出張から帰ってきました。

今回はトンボ返りで次の出張に行くわけではなく、しばらく家にいるので、いよいよアテネと本格的に接することになります。

夕食の片付けのあと、テレビを見ながら私がウトウトしていると、おとうさんとみいくんと三人（?）ですごく楽しそうに遊んでいる気配がしました。

夢うつつで聞いていたのですが、びっくりするぐらい、アテネがはしゃいで暴れているようでした。この家に来てからこんなに走り回るのは初めてかもしれません。じっと寝ていることが多く、走る姿はほとんど見たことがないので、驚くと同時に我が家に慣れてくれたんだと思うとうれしくなりました。

おとうさんとみぃくん、二人に遊んでもらって大喜びのアテネ。普段いないおとうさんと一緒だったのが、かえってよかったのかもしれません。

そんなある日の夜、遊んでもらっているときに興奮しすぎたのでしょうか、アテネはなんとおとうさんのお腹の上でオシッコを漏らしてしまったのです。

「ゲゲッー、この恩知らず！」

とおとうさんは怒っていましたが、みぃくんは、

「おとうさんのお腹はトイレ並みにくさいんだよ！」

と大笑いでした。

そしてお風呂に入るため、私はおとうさんにアテネを寝室のサークルに入れるように頼みました。ところが、入れられたとたんに鳴き出すのです。

ケージでは鳴いても、寝室のサークルでは我が家に来た当初の夜鳴き以外は鳴いたことがなかったのに。その声はお風呂に入っている私にも聞こえてくるほどでした。仕方がないので、あわててお風呂から出てアテネを出してやりました。そしてもう一度私がサーク

ルに入れてやると、今度は落ち着いていて、まったく鳴く様子はありません。

さっきはいったいなんだったんだろうと思うのですが、ひょっとすると、これだけ遊んでもらっていても、あまり馴染みのないおとうさんがサークルに入れたことが不安の原因だったのかもしれません。

ロンドがあれほど活発で、時には傍若《ぼうじゃく》無人《ぶじん》な振る舞いをしていたのに、アテネはまるで対照的です。

あるとき、私は不安に思っていたことを職員の方に聞いてみました。

「臆病な子って盲導犬になれないんですよ

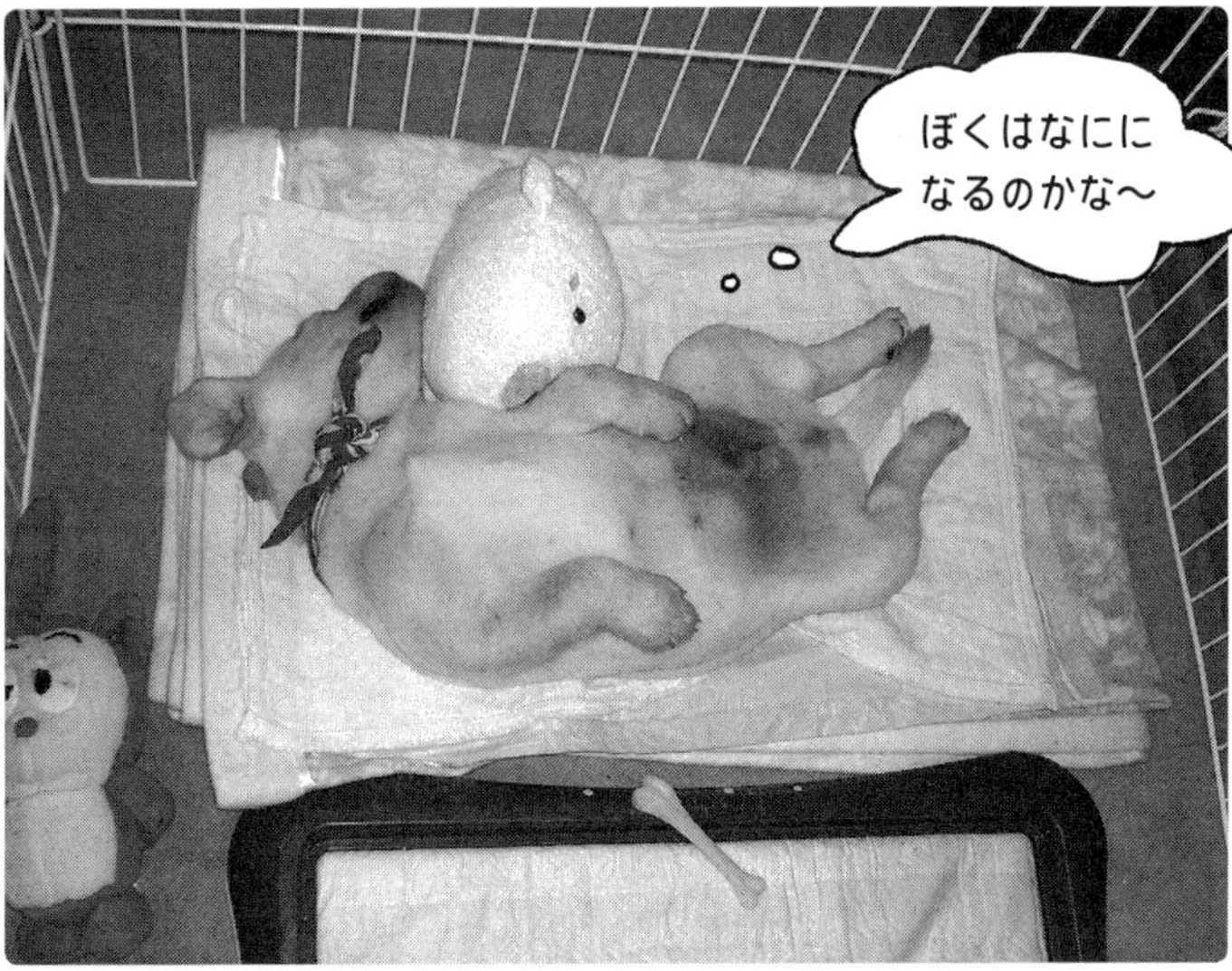

ね。臆病な性格って治らないんですか?」

その答えは、

「臆病な子が盲導犬になれないのは確かです。生まれつき臆病な子の場合、その性格を治すのは難しいです。でも、大きくなるうちに、臆病でなくなっていく子もいないわけではありませんよ」

というものでした。

それを聞いたとき、私は正直、アテネは盲導犬になれないかもしれない、そう思いました。

でも、それはそれでいい。縁があってうちに来た子だし、こんなにもかわいくてたまらないんだもの。それに、全員が盲導犬になれるわけではない。

盲導犬になれなかったパピーの面倒は誰かが見ることになるのだから、それが私たちだったとしてもいいじゃないか、そう考えていました。

アテネの成長

翌日の巡回のとき、健康チェックで問題がなければ、いよいよ本格的な散歩デビューとなるアテネ。

そうなれば、今までの抱っこ散歩は卒業ということになります。この日は「今日が最後になるかもしれない」と言いながら、だいちゃんと自転車に乗せて少し長い散歩に出かけました。

最初は怖がって一時《いっとき》もカゴの中でじっとしていてくれなかったアテネ。でもこのごろは、確かにビクビクこそしていたものの、カッカッと喉を鳴らし、周りをキョロキョロしながらも、大人しく座れるようになっていました。

本格的な散歩が始まると、朝夕二回一時間ずつ連れて行かなければならないので大変に

はなるのですが、一緒に出かけられる場所が広がるので楽しみでもあります。
ただ、怖がりのアテネのことですから、いざ散歩となったらどんな反応をするのか、一抹《まつ》の不安も残ります。

そして、とうとう散歩デビューの日。
この日は夏休み。みいくんは塾が昼からだったので、巡回のある午前中は家にいました。そして「勉強しなさい」といくら言っても、私と協会の職員の方との話に口を挟んでくるのです。それが結構的はずれの発言だったりするので、「そんな暇があれば勉強しろよ」という気持ちもあって、イライラしてしまいました。

すでにバッグに入れてあったお散歩グッズ（新聞紙、トイレットペーパー、ビニール袋、水の入ったペットボトル、小銭）を持ち、足拭き用の雑巾を濡らして玄関先に置いて準備万端、リードを首につけていざ出発です。

みぃくんが当然のようにリードを持って散歩についてきます。「おいおい、勉強しなさい。朝からなにもしてないぞ」、そう怒鳴りたいところを、職員の人がいたのでぐっと我慢して黙って連れて行くことにしました。

アテネは怖がり屋さんの上、抱っこ

散歩もさんざんいやがっていたので、正直、「これは最初苦労するだろうな」と覚悟していました。

まずは玄関先。

ここは抱っこ散歩のときによく下におろして遊ばせていたせいか難なくクリア。

「あれ、平気ですねえ？」

職員の人が意外そうに言いましたが、

「だって、ここは前から遊んでいましたから。問題はここから先です」

私は不安なままです。

そして、いよいよ道路へ。ドキドキ、どうなるかと緊張の一瞬でしたが、なんと、玄関先とまったく変わらない様子で堂々と歩いて行くのです。

「怖がりもしないで、ちゃんと歩いてる！」

私は信じられない思いでした。

「実はこちらへ来る道中、どうやって怖がるアテネを引っ張って行こうかな、とあれこれ考えていたのですが、まったくそんな必要はなかったですね」

職員の方もびっくりされていました。

初めての散歩は家の近くをぐるっと一周して無事終了しました。

それにしても、こんなに難なく歩くなんて、今までの抱っこ散歩での怖がりようはいったいなんだったんだろうと思ってしまいます。ひょっとすると、アテネの怖いと感じる部分と私たちが思っているそれとは、微妙にズレているのかもしれません。

最初にアテネのリードを持ったのはみいくんだったのですけど、ふと気がつくとみいくんの顔が心なしかひきつっているように感じました。

なんだか気になって、二人きりになったときに「具合でも悪いの」と聞いてみました。「ううん、なんでもない」と最初は口をつぐんでいたのですが、やがてぽつんと「ロンドのことを思い出しちゃった」とつぶやきました。

みいくんはあの事故以来、ほとんどそのことを口にすることはありませんでした。もうすっかり忘れてしまったのかと時折憎らしく思うこともあったのですが、そうではなかったのです。

車の窓から飛び出したとき、必死で握りしめていたリードの感触、一瞬のためらい、手を離した瞬間の軽み。

みいくんがリードを握りしめたのはそのとき以来だったのです。

散歩ができるようになると、今までと違って世界がぐんと広がります。それは盲導犬への訓練の第一歩でもあります。

いろいろなところへ連れて行って、たくさんの経験をさせること。それがパピーウォーカーの務めです。

散歩デビューしてまもなく、おとうさんと子どもたちは、アテネを連れて近所の商店街のお祭りに連れて行きました。

まだ子犬のアテネは人気者で、子どもたちが夜店で遊んでいる間、おとうさんが隅で待っていると、取っ替え引っ替え人がやって来ては、

「かわいい！」

「いま何歳ですか？」

「盲導犬になるの？」

などと口々に言いながら頭をなでてくれたそうです。

そのたびにアテネは飛びついたり、シッポを振ったりと、愛嬌《あいきょう》を振りまくのに大忙しだったとか。

「でもね、実は大変だったんだ」

だいちゃんが言うには、カップルが道に座って屋台の焼きそばを食べていたすぐその横で、突然アテネがオシッコをしてしまったのです。足下に流れてくるオシッコを見て、

「なんだこれ、なんだ、なんだ」

二人して大あわてだったそうです。

「びっくりして無茶苦茶あわててたよ。笑ったらダメなんだけど、おかしかった」

もちろん、みんなで二人に謝ったことは言うまでもありません。

そんなある日、箕面《みのお》にあるショッピングセンター・ヴィソラへアテネを連れて家族で行きました。

そこは三つの建物からなり、エリア内には川が流れ、大きな広場もあり、まるで一つの

タウンという感じです。なによりも犬を連れて入れるのが魅力です。犬同伴ＯＫのお店やドッグカフェもあり、エレベーターやエスカレーターにも乗れます。そして近くには公園もありました。

これほどいろんな経験をさせるのにもってこいの施設はありません。だから、前々から散歩ができるようになったら連れて行こうと思っていたのです。

ヴィソラでアテネは初めてエレベーターに乗りました。「怖がって中に入ってくれないんじゃないか」、あるいは「入っても興奮して小さな子どもに飛びつくんじゃないか」と、リードを短めに持つ私の手は緊張して震えていました。

でも、アテネは意外とすんなりと乗り込み、大人しく私の横に立っていました。ひょっとすると、アテネにはエレベーターに乗っているという感覚はなかったのかもしれません。

私たちはドッグカフェではなく、テイクアウトできるたこ焼きやクレープを買ってベンチで食べました。私たちが食べている間、アテネはしっかりとダウン（伏せ）をして大人しく待っていました。それを見たおとうさんは「まるで盲導犬みたいだ。これはすごい！絶対、盲導犬になれるよ」と大興奮、親バカ丸出しです。

広場ではみいくんが追いかけっこをしたり、ボール投げをしたりして遊んでやっていました。もちろん、アテネは大喜びで走り回っていました。

私たちが広場でアテネを遊ばせているとき、人なつこい小学生の女の子がアテネのことを盲導犬のパピーであると知っていろいろ聞いてきました。

私たちはその質問に丁寧に答えました。というのも、パピーウォーカーというのは、ただパピーを育てるだけでなく、盲導犬のことを世間の人に少しでも多く知ってもらうことも役目だと思っているからです。

「あのね、私たちがこの子を愛してあげるとね、この子が盲導犬になってから目が不自由な人にその分愛を返してくれるの。不自由な人のそばにいつもいて、その人を愛してくれるの」

「わあ、お利口なんだ」

女の子はアテネの首を抱きしめました。アテネはうれしそうに尻尾を振っています。

「だから、いっぱいかわいがってあげるのよ。子犬のころから、人間ってとても優しくて信頼できるんだって、教え込むためにね」

「素敵ね」

女の子は目を輝かせて、そう言いました。

でも、
その子が去ったあと私はそっとつぶやいたのでした。「ごめんね、本当はそんなのとは関係なく、アテネがかわいくて仕方がないだけなの」

そしてその夜、大きな地震がありました。

阪神・淡路大震災を思い出してぞっとしましたが、揺れはすぐにおさまりました。怖がりのアテネのことだから、さぞかし怯えているだろうと思って様子を見てみると、昼間の疲れからかぐっすりと眠っています。それはそれでいいのですが、なんだか拍子抜けしてしまいました。

そのくせ、その次の日に初めてシャンプーをしたのですが、こちらは怖がって大騒ぎ。まず、シャワーのお湯を出しただけで、まだかけられてもいないのにびっくりして風呂場から逃げ出そうとするのです。

でも、そのうち慣れたのか、興味深そうにシャワーから出てくるお湯を見る余裕も出て

きました。
といっても、難関のドライヤーが待っていました。もちろん、これにも怯えています。濡れた体で逃げようとするアテネを押さえつけてなんとか半乾きまで乾かしたところで、とうとう私たちのほうが力尽きてしまいました。シャンプーが終わったあと、脱衣所も私たちもびしょびしょになりました。
でも、「こんなにも汚れていたのか」とびっくりするぐらい、シャンプー後のアテネは、見違えるほどきれいになりました。

気候も良くなった九月。アテネを初めて緑地公園に連れて行きました。まだ歩いて行けるほど体力がないので、車で行くことにしました。

初めて来た大きな公園。最初はわけがわからないようでしたが、広々とした敷地の緑豊かな様子に興奮しながらアテネは歩き出しました。途中、滑り台で滑らせてみましたがアテネは怖かったらしく、もう一度滑るために階段を上ろうとすると、踏ん張ってお地蔵さんのようになってしまいました。滑り台が大好きだったロンドとは大違いです。

まあ、滑り台を滑ることができなくても盲導犬として困ることはないので、ここは無理をせずにいきましょう。

出かけたのが遅かったこともあり、公園の中をしばらく散策しているうち、あっという間に暗くなってしまい、この日はあまり長居できませんでした。

でも、ここは犬を飼っている人に人気があるようで、レトリバーをはじめたくさんの犬に会いました。そのたびにアテネは喜んで近づこうとするので押さえるのに苦労しましたが、こんなに興奮して喜ぶのなら、今度は時間に余裕をもって連れてきてあげたいと思いました。

ある日の散歩のことです。

ベンチにホームレスらしき中年の男性が子猫を抱いて座っていました。なにげなく通り過ぎようとすると、その人が「なあ、この猫もらってえな」と声をかけてきました。

どうやらその人が飼っている猫というわけではなく、捨て猫のようです。

「なあ、もらってえな、かわいいよ」

そう言われても、生き物を飼うということはその一生の面倒を見るということで、責任重大です。

私が「ちょっと……」と断ると、「犬を飼ってるくらいなんだから、猫も飼えるだろ、一緒じゃないか」とまた頼んできます。

「でも、この子はペットとは違うんだけどなあ」と心の中で思いつつ口には出さず、「ダメなんです」とはっきり断りました。

その人もあまり期待していたわけではなかったのか、それ以上は言ってきませんでした。

捨て猫に比べ、人間の愛情一杯に育てられるパピーたちはなんて幸せなんだろう……いろいろなことを考えさせられた出来事でした。

怒濤の日々

このころ、私の中にまた一つ悩みが生じてきました。みいくんが時々反抗的な態度を取るようになったのです。

こんなことがありました。普段、アテネは朝起きると食卓があるリビングで遊んでいます。

だいちゃんが朝ごはんを食べているときはだいちゃんが見ていてくれます。だいちゃんが食べ終わると入れ替わりにみいくんが食べ始め、それから学校へ行くまでの間みいくんが見ていてくれることになっています（だいちゃんは学校が遠いので、みいくんよりうんと早く家を出ないといけないのです）。

その間に、私は洗濯、風呂洗い、二階の掃除と、アテネから目を離さざるを得ない用事をできるだけ済ませるようにします。

ところがこの日は、みいくんが早く食べ終わったのはいいのですが、二階の子ども部屋に上がってしまい、アテネをほったらかしにしているのです。

私がはっと気がついて、あわてて下におりて行くと、アテネは大量のオシッコとウンチを敷物の上にお漏らししていました。

「どうしてさっさと下におりないのよ。ちゃんと見てないから両方とも失敗してるじゃない」

思わずきつく叱りつけました。

「なんでもかんでも、ボクが悪いのか！」

みいくんは逆ギレして、怒ったまま学校へ行きました。

「私が家事をしている間ぐらい協力してくれればいいのに」、そう思うとなんだか情けなくなりました。


でも、中学受験が近づいて、みいくんもイライラし始めているのかもしれません。

そして、私も家事にみいくんの塾通い、その上にアテネのお世話と知らず知らずのうちに疲れがたまってきているのでした。

そんなとき、のんきな顔で東京から帰ってくるおとうさんを見ると、すべてを私一人に押しつけて……とつい憎らしくなるの

でした。「論理を語る前に、人の気持ちをもっと思いやりなさい」と思わず怒鳴りつけてやりたくなるのです。

それでも、あれほど臆病だったアテネはどんどん成長していきました。

季節が変わるごとにまったく別の犬になったかのように変わっていったのです。その学習能力は見事なものでした。

盲導犬はどこでも平気で歩けるようでなければなりません。そのため、パピーのときにいろいろな経験をしておくことがとても大切なのです。ユーザーの方と歩いているとき、初めてのことに動揺して歩けなくなる、などということがないように、できる限りさまざまな経験をさせようと気を配っていました。

少し前、歩道橋に挑戦しましたが、家の階段の上り下りができるアテネは下りるときちょっと躊躇《ちゅうちょ》しただけで、難なくこなしていました。

わざと空港の近くまで行って飛行機の音も聞かせましたが、これもなんとかクリア。

そして今回は踏切を経験させるため、一つ先の駅まで散歩に出かけることにしました。距離的にはもう十分歩けるようになっています。初めての踏切に怖がり屋さんのアテネがどんな反応をするのか、ドキドキしながら出発しました。線路沿いを歩いているとき、側《そば》を電車が何度か通過しましたが、まったく動じることなく踏切に無事着きました。

遮断機が下りてきて、かなり大きな音が鳴り響きはじめましたが、アテネは平気な顔をしています。

電車が来たときに万が一にでも飛び出してはいけないと思い、シットさせようとしたのですが、音がうるさいせいか、いくら「シット！」と叫んでも全然私の声が耳に入らないようすのアテネ。

やがて電車が通過し、結局シットしないままながらも無事に終了したのでした。

遮断機が上がり踏切を渡ります。普段の道路と足の感触が違うのでいやがるかと心配しましたが、それもありませんでした。

とにかく無事に渡ってひと安心。帰り道では他の二つの踏切にも挑戦しました。もちろん、二回とも難なくクリア。うちにやってきたころは怖がり屋さんで困ったものでしたが、今ではすっかり影を潜め、なんの問題もありません。

アテネは確実に成長しているようです。

ロンドの兄弟の修了式（パピーが無事パピーウォーカーの生活を終え、晴れて盲導犬協会に戻る式）には以前からお誘いを受けていたのですが、結局、出席させていただくことにしました。

さんざん迷ったのですが、「成長したロンドの面影を見ることができるかもしれない。そして、ロンドの分もがんばってほしい」という気持ちから、旅立ちの日を自分の目で見届けたいと思ったのです。

修了式の日。ロンド以外の兄弟が大きく成犬となって集まっていました。私はそれぞれのパピーウォーカーさんにお願いして、その子たちの写真を撮らせてもらいました。

その一頭一頭に成長したロンドの姿を重ねていました。

式の中で協会の職員の方が「こうして無事にこの協会に帰ってきてくれて、それだけでも、本当にありがたいことです」とおっしゃっていました。

きっとここに出席することのできなかったロンドのことが頭にあるんだろうな、私はそう感じていました。

ロンド、ごめんね。ここに帰ってこさせることができなくて。でも、あなたの兄弟はみんな元気でがんばっているよ。

それだけでも、良かったね。

私は心の中で天国にいるロンドに話しかけていました。


困ったことが起こりました。一一月三日の文化の日。この日になんと、だいちゃんの文化祭と協会のイベント、ボランティアズデイとが重なってしまったのです。

だいちゃんにとっては中学最後の文化祭。かといって協会に属しているボランティアさんたちが一堂に集まって親交を深めるイベントもはずすことはできません。

私たちの出した結論は、どちらも出席する、というものでした。

午前中、アテネを連れて車でだいちゃんの学校へ行き文化祭を見学し、午後は協会へと車を飛ばしてイベントに参加する。まさにハードというより強引というのがふさわしい予定でした。

いろいろな経験が必要なパピーにとって、文化祭を経験させることはとても大切だという思いがありました。そこで、学校に犬を連れて行ってもいいものかどうか、だいちゃんに聞いてもらいました。すると、盲導犬のパピーということで、校舎内に入らなければ連れて来てもよいという許可をいただきました。校舎の中に入れなくても、校庭などにお店や展示物があるし、なによりも人がたくさんいます。

それはアテネにとってとても貴重な経験です。大急ぎでしたが、私とおとうさんは交代で校舎内を見学することができました。

さあ、次はボランティアズデイです。おとうさんを「早く、早く」と急《せ》き立てながら、車を協会へと走らせました。思ったより早く着き、午後から無事参加することができました。

このイベントにはアテネの兄弟たちもみんな来ていました。そして、うれしいことにアテネのおかあさん犬も来ていました。そして彼女は、アテネの兄弟以外にも何回かお産をしているので、その子どもたちもたくさん来ていました。それでおかあさん犬を囲んでみんなで記念写真を撮ることになりました。

ところが落ち着きのないパピーたちもいるため、全員一斉にはカメラのほうを見てくれません。あっちに行こうとしたり、隣の子にちょっかいを出したり。結局、撮れたのは記念写真なのか、ただ犬がたくさん集まっているだけなのかよくわからない写真でした。

アテネは兄弟犬だけでなく、たくさんの犬が来ているので大興奮。いろんな犬とうれしそうにガウガウじゃれ合って喜んでいました。

私たちはロンドの兄弟とも再会することができて、充実した時を過ごすことができました。とはいえ、アテネはもちろん、私たちも家に帰ったときにはヘロヘロに疲れきっていたことは言うまでもありません。

文化祭、ボランティアズデイの掛け持ちという怒濤の日の二日後、だいちゃんが修学旅

ぼくは
ここにいるよー
ぼくが
アテネだよー

行へと出かけて行きました。出発が早朝だったため、私は車で空港まで送って行きました。

そして、いつもより遅い朝の散歩を終えて家事をしていたときのことです。

電話が鳴りました。

その電話は、今までの私たちのパピーウォーカー生活を根本から揺るがすものでした。


電話の主は上の兄（私は三人兄弟の末っ子で、兄が二人います）の奥さん（義姉）からで、内容は「二日前に兄が脳内出血で倒れ、未だに意識が回復していない」というものでした。

二日前といえば、私たちが掛け持ちでイベントをこなしていた、まさにその日です。

私は下の兄にすぐ連絡を取り、病院へ駆けつけましたが、ＩＣＵに入っている兄に面会することはできませんでした。

病院に義姉は不在で、義姉のおかあさんだけがおられました。残念ながらおかあさんの話では要領を得ることができず、私はそのまま病院をあとにしました。

夕方、私が帰ったあとに病院へ行った下の兄から連絡がありました。下の兄は担当医と話をすることができたようで、どうも事態は楽観できないものであるらしいことがわかりました。

次の日の朝、面会ができ、そのときに担当医からくわしい話があるということでした。

翌朝、病院で会った上の兄は浮腫で顔がパンパンになっていて、脳内出血特有のムーンフェイスをしていました。出血した場所が脳幹の近くで手術ができず、あとは本人の生命力次第だ、と言われました。

「もう助からないかもしれない」、そんな絶望的な気分でいっぱいになった私に義姉はこう言いました。

「すみ子さん、声をかけてあげて。なによりも肉親が声をかけてあげるのが一番だと思うの。この人が意識を取りもどして元気になるまで声をかけてあげて。毎日、少しずつでいいから、お願い」

涙を浮かべてそう訴える義姉の言葉に私は、「わかりました。私にできることなら、なんでもします」、そう答えるしかありませんでした。

とはいえ、パピーがいるため三時間以上家を空けることができません。そこで、みいくんが学校から帰る時間の三時間前に家を出ることにしました。帰ってきたみいくんは進学塾に行くまでの間、アテネをケージから出して面倒を見る。そのあと再びケージに入れてから、夜、塾に出かけて行く。そのあとしばらくしたら、私が病院から帰ってくるという方法です。

散歩も朝の一時間は私、夕方は私が三〇分行って、残りの三〇分をだいちゃんが行くことになっていたのが、夕方は一時間全部だいちゃんが行ってくれることになりました。

私たちの生活は激変したのです。

それでも病院は私の家から遠いため、兄のそばにいられるのは一時間あるかないかでした。

そんなある日のこと。私が病院から家にもどると、ケージにいるはずのアテネが玄関まで私を迎えに出てきたのです。

「どういうこと?」

私は一瞬、頭の中が真っ白になりました。そして、アテネがなにか変なものを食べていたり、いたずらしたりしていないか、急いで確認しました。運良くそういうことはありませんでしたが、オシッコを失敗した跡が三ヶ所ありました。

私はあと始末をしながら、「みいくん、おかあさんが大変なときなのに、どうしてケージに入れておくことさえできないのよ」、そう叫んでいました。

そして、みいくんに腹が立つというより、情けなくなって涙を流しました。

それまで家に帰れば必ずいたおかあさんがおらず、一人でおやつを食べて、見送る人もなく一人で塾に出かけて行く。

いま思えば、みいくんにとって、それはとてもプレッシャーの大きいことだったに違いありません。そんな中で一度ぐらい失敗したからといって、責めてしまうとはかわいそうなことをしました。

でも、そのときの私はそう考えるだけの余裕がありませんでした。その余裕のなさのせいでしょうか、せっかくうまくいきかけていたアテネのトイレの失敗もそのころから増えだしたのです。

アテネはアテネで寂しかったのでしょう。ちょっと時間ができたときに少しだけ遊んでやると、それまでのうっぷんを晴らすかのように、うれしそうにむしゃぶりついてきたのでした。

そんな生活が何ヶ月も続きました。

長時間かけて病院に出かけ、眠り続けている兄の手を握り、反応がないにもかかわらず話しかける毎日。

おとうさんはほとんど東京で家のことはほったらかしだし、だいちゃんも通学に時間のかかる遠方の私立中学でクラブ活動に精を出しているため、自分のことで精一杯です。

私は肉体的にも精神的にも限界状態で、何度もギブアップをしようと思ったのですが、アテネがそばに寄り添ってくれると不思議とまだがんばれるような気がしてきました。

夜、家族が寝静まったとき、一人アテネを抱きしめて泣きじゃくったことが何度あったことか。いっそのこと死んでしまいたいと思ったことも一度ではありません。そのたびに、

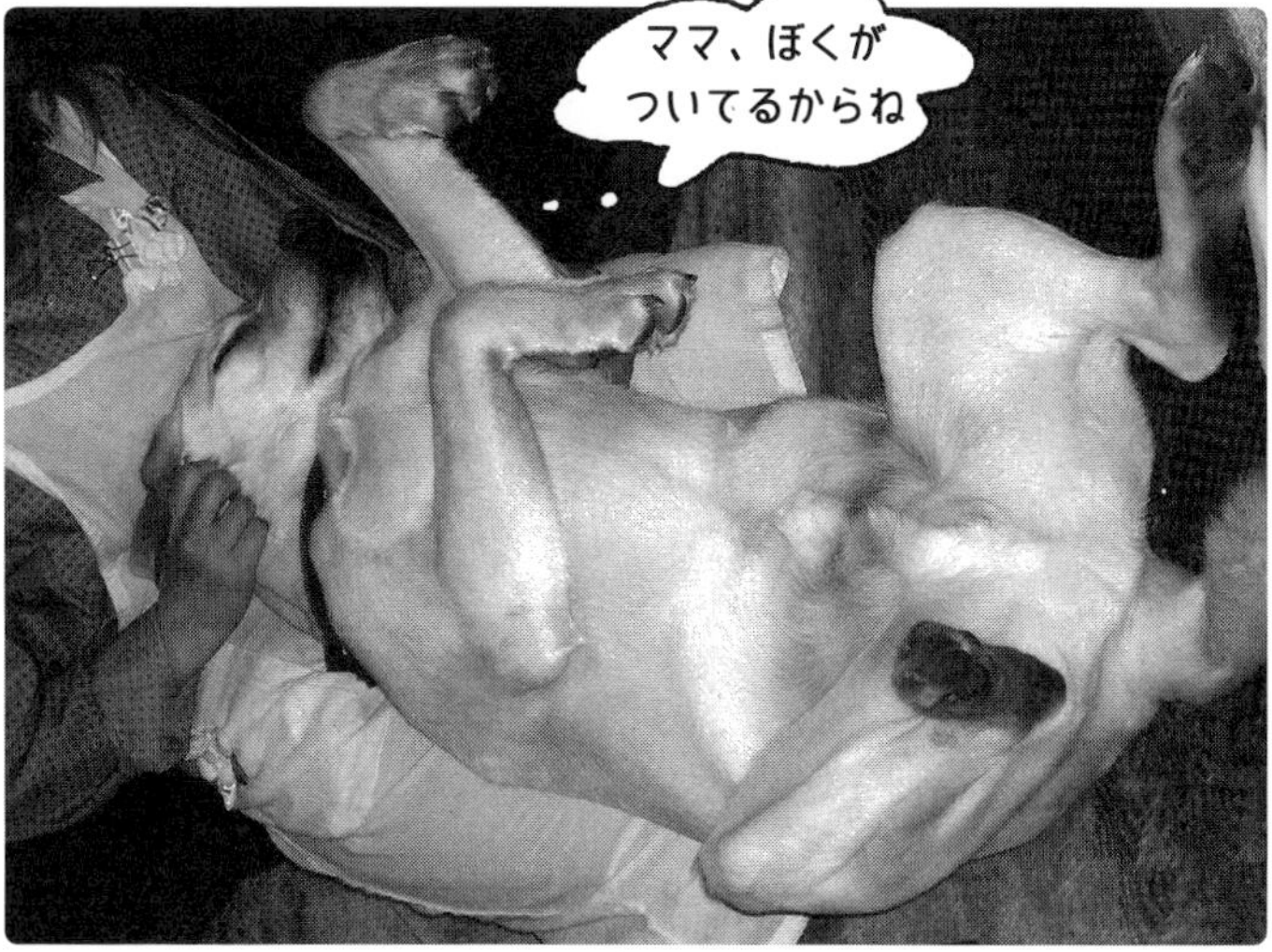

寄り添ってくれるアテネを抱きしめて「この子が立派な盲導犬になるまでは、どんなことがあってもくじけてはいけない」と自分に言い聞かせました。

まったく動くことのない兄の表情が四六時中頭から離れないのですが、それと同時に、アテネの肢体の温かくて柔らかい感触、生き生きとした表情や動きを見ていると、命ってなんだろうと考えてしまいます。

アテネの写真屋さん

病院通いは相変わらずでしたが、それでもおとうさんが東京から帰ってくる週末は普段どおりの生活に近いものでした。

そして、ここぞとばかりにお出かけをして、アテネにいろいろな経験をさせようと私たちは一生懸命でした。

その一つにハイキングがあります。よく視覚障害者の方が盲導犬を連れてハイキングに出かけたという話を聞いていましたので、将来、アテネも一緒に山に登ることがあるかもしれない、そう思ったのです。

とりあえず手ごろな箕面《みのお》の滝に出かけることにしました。駅近くの駐車場から歩くと三キロほど。高低差もそんなになく道も整備されているので、歩きやすいのです。

とはいえ、往復六キロ。そんなに長い距離を歩いたことはなかったので、果たしていやがらずにちゃんと最後まで歩いてくれるだろうかと心配しましたが、当のアテネはお構いなく、うれしそうにシッポでリズムを取りながら、トコトコと私たちと一緒に歩いていました。

シッポできれいにリズムを取るのはアテネ特有の歩き方です。

ハイキングの途中でアテネはウンチをしてしまいました。よく見ると、そのウンチにラ

バー（ゴム）のようなものが混ざっていました。前の日、おもちゃを噛んで壊してしまったので、そのかけらを食べてしまったようです。

そして珍しいことに、間を置かずまたウンチをしてしまったのですが、そのウンチが少し緩かったのです。おそらく、おもちゃのかけらを食べたその影響だろうと、私たちはあまり気にもとめていませんでした。

滝に着くと、アテネは一躍人気者になってしまいました。そのかわいい容姿に加え、盲導犬のパピーであることがみんなの関心を誘ったようです。誰かが、

「一緒に写真を撮ってもいいですか」

と聞いてきました。「もちろん、いいですよ」と答えると、

「あら、撮ってもいいんですって」

と、私も私もと希望者が続出して、なんと行列ができてしまいました。

実はこのときだけでなく、どこかへお出かけに行くと、大抵、アテネと一緒に写真を撮りたがる人がいて、しばしば行列ができました。

私たちはそれが自慢で、「アテネの写真屋さん」と呼んでいました。

また、アテネは小さな子どもが近づいてきて触っても、じっと大人しくしていました。シッポや耳を触られることもありますから、内心はイヤだったと思うのですが、どんなことをされても吠えたり噛んだりすることはありませんでした。

だから、私たちも安心してアテネの写真屋さんを営むことができたのです。

写真が一段落ついたころ、私たちは滝の近くの茶店に並んでいました。

やがて順番が来てたこ焼きと焼きもちを注文し、お金の支払いに気を取られた瞬間、アテネがなにかを食べてしまったのです。そして、私が止める間もなく飲み込んでしまいま

んー、これ、
おいしい?
まずい?
はじめての
あじだなぁ…

した。

「いやん、あなた、なに食べたの!」

思わず叫んでいました。するとアテネのそばにいたおじさんが、びっくりした顔をして、

「これを食べさせたんやけど……。欲しそうな顔してたから」

と答えました。

手にはフランクフルトが。

「悪かったかなあ」

おじさんはきょとんとしていました。

パピーは決められたフード以外を食べることはありません。でも、おじさんはそんなことは夢にも知らないのでしょう。私たちはそれ以上、なにも言いませんでした。

でも、事はそれで済みませんでした。ただでさえウンチが緩かったのに、食べたことのないものを食べたせいで、アテネは完全にお腹を壊して下痢になってしまったのです。

結局、職員の人の指示でその日の晩ごはんを抜くことに……。

今は下痢をしても食事を抜くということはありませんが、当時は下痢＝食事を抜くだったのです。結局、アテネにとって一番かわいそうなことになってしまいました。

次の日は一一月の巡回だったのですが、その経緯を説明すると、「私だったら、思い切りキレてますよ。断りもなくうちの子になにしてくれるのよ、って」と職員の方がおっしゃるのを聞いて、そのとおりだと反省しました。

私たちはアテネのことを考えると、あの場面ではおじさんにきちんとお話しして、好意がかえって犬のためにならない理由を説明するべきだったのです。


お出かけといえば、ショッピングセンターのヴィソラにもよく行きました。前にも書いたとおり、ここはパピーにいろんな経験をさせるのにもってこいだということもありますが、私が買い物をするのにもちょうど良かったのです。

広場で子どもたちやおとうさんが交代でアテネを遊ばせている間に、私は家族の洋服や雑貨を購入しました。そしてある雑貨屋さんでクマのぬいぐるみのリュックを見つけて、アテネが背負うのにちょうどよさそうだったので、つい衝動買いしてしまいました。でも、買って大正解。大きさもピッタリで、とってもかわいいのです。

「こんなの背負わされて、アテネも迷惑じゃないの？」

と、おとうさんは言いましたが、私は、

「いずれ背中にハーネスをつけなくちゃいけなくなるんだから、その予行演習よ」

と、屁理屈《へりくつ》で言い返したのでした。

リュックを背負ったアテネと歩いていると「かわいいわねえ」と注目してくれます。盲導犬は注目されることが多く、それに慣れておく練習にもなるので一石二鳥です。ただ、子どもたちはさすがに恥ずかしがって、リュックを背負わせると一緒に歩くのをいやがっていました。

繁殖犬？　それとも盲導犬？

あるとき、私たちにとって思いがけない話が協会からありました。

アテネを繁殖犬にするかもしれない、というのです。

盲導犬になってくれることはもちろん素晴らしいことですが、繁殖犬もとても大切な役目を持っています。

なにより繁殖犬になった場合、当時はパピーウォーカーが希望すれば、そのままその犬の世話をする繁殖犬ボランティアになることができました。ずっとアテネと一緒にいられるのです。

アテネと離れたくない……家族みんなが繁殖犬になることを望んでいるようでした。

一方、私は反対のことを考えていました。繁殖犬ボランティアになれば、もうパピーウォーカーにはなれないのです。私が育てたパピーが盲導犬になる、その夢が消えてしまうことになります。

ロンドのことがなければ、一も二もなく私も繁殖犬になってほしいと思ったでしょう。

でも、私はロンドに約束しました。

「今度生まれ変わってきたら、必ず

盲導犬にしてあげる」

もちろん、アテネはロンドの生まれ変わりではありません。でも、どうしても盲導犬になってほしかったのです。

とはいえ、やはりここまで育ててきたアテネとずっと一緒にいられたら、どんなにいいことでしょう。

私の心は揺れました。

繁殖犬候補の犬がアテネの他にもう一頭いたため、年が明けたら検査をしてどちらを繁殖犬にするか決めるということになり、私はその結果を待つことにしました。

自分があれこれ悩むより、神さまが決めてくださる、そう思ったのです。

新年は家でアテネと一緒に迎えました。

ロンドのときは、その委託が決まる前に温泉に行く予定を入れていたため、協会に預かってもらって一緒に迎えることができませんでした。今回は最初からわかっていたので、ど

こへも行かず家でのんびりと過ごすことにしていました。

まずは、近所の神社に初詣です。みんなでアテネと一緒に散歩がてら行きました。願い事はアテネが訓練所に入るまで、無事元気に成長してくれることです。

そして、年末に買った新しい車に乗って緑地公園へ行きました。どこかへお出かけするわけでもないのに新年を新しい車で迎える、それだけでワクワクするから不思議です。

公園では、犬を連れた人たちがあまりにも大勢いたので、びっくりしてしまいました。その中の一人が言いました。

「だって、犬がいると旅行なんて行けないから、ここぐらいしか遊びに来れるところがないんだよね」

みんな考えることは同じなんだな、とおもしろかったです。

お正月も過ぎて一月も半ばになると、いよいよ、みいくんの中学受験が始まりました。

私はみいくんが試験を受けている間、一駅先の天神神社にアテネを連れてお参りに通いました。アテネにとってはちょっと遠いけれど、踏切もあるのでいい散歩コースです。アテネは私の横にピッタリとくっついてうれしそうに歩いています。だから、距離は結構ありますが、散歩自体はそんなにつらくはありませんでした。

つらかったのは、みいくんが受ける学校を落ち続け、どこかの学校を受けるたびに何度も何度もお参りに通わなければならないことでした。みいくんも慣れない受験勉強にストレスがたまったのか、「勉強をしなさい」と言うと、声を荒げたり、反抗的な態度を取ったりするようになっていました。

私は兄の病院へ行ったり、パピーウォーカーをしたりと、あまりみいくんの勉強を見てあげることができませんでした。やっぱりそれが悪かったのだろうか……と気持ちはどんどん沈んでいきます。

パピーウォーカーをしたことが、みいくんのために本当に良かったのだろうか。ロンドを死なせたことも決して消え去ることのできないキズとなっているだろうし、まだ小学生なのに相手もほとんどしてあげられず、そのために受験もうまくいかなかったのだとしたら……。

私は精神的にも肉体的にもこれ以上耐えられそうにありませんでした。

みいくんは入試に落ち続け、残るは一校だけとなってしまいました。私は植物人間状態の兄の手を握り、話しかけ、そして疲れた足を引きずって家に帰ってきたのですが、休む暇もなく今度は買い物に出かけなければなりません。

みいくんは受験を控えていることを理由に、あまりアテネの面倒を見てくれなくなっていました。でも二階の子供部屋をのぞくと、勉強もせずにゲームに夢中になっています。

「遊んでばかりいないで勉強しなさい」

そう怒鳴って、私は家を出て行きました。すべての用事を済ませて帰ってみると、みいくんはまだゲームを止めていません。最後の入試が目の前に控えているというのに。

「勉強しないんだったら、アテネの面倒を少しは見てちょうだい。おかあさん忙しいんだから」

そう怒鳴りつけたとたん、みいくんがいきなり携帯ゲーム機を壁に投げつけてきました。ゲーム機はガチャンとものすごい音を立てて、破片が一部飛び散りました。

「うるさい！」

みいくんが怒鳴りました。そして泣きじゃくりながら、「もう受験なんかしない」と部屋のドアを大きな音を立てて閉めたのです。

私は何もかもが音を立てて崩れていくように思いました。こんな時、おとうさんは出張でいないし、だいちゃんは自分のことで精一杯で、家族のことには無関心になっていました。

「もう私一人では家族を支えきれない、もう限界なの……」と私は壁にもたれて、そのまま動けなくなりました。体中の力がすっかり抜けてしまって、生きていく気力すら湧いてきません。

その時、アテネが階段をとことこ上がってきて、私の顔をなめたのです。人間よりも犬の方がよっぽど私の気持ちを分かってくれる――その時本気でそう思いました。

とうとう最後の学校の入学試験の日、うきうきとリズミカルに歩くアテネとは対照的に私の足取りは重く、まるで北風吹きすさぶ津軽海峡を前に立っているような気分でした。ところが、最後の最後になって、神さまは私の願いを聞き届けてくれたのです。

結局、みいくんはその学校に合格し、一応無事に中学受験を終えることができたのでした。私は思わず涙ぐみながら、アテネの体を思いっきり抱きしめました。アテネは一瞬驚いた顔をして私を見たあと、目を細めてぺろぺろと私の涙をなめ始めました。

中学受験を終えたみいくんを連れて、私は何度も通った一駅先の天神神社へのお礼参りにアテネの散歩をかねて行きました。帰り道、私はふとみいくんに、

「リードを持ってみる？」

と聞いてみました。

みいくんは一瞬、驚いた顔をしましたが、「うん」と小さくうなずいて手を差し出しました。

こわごわと持つリード。車の通りが多い道でリードを持って歩くのは、あの事故以来、これが初めてです。

後ろから見ているととても緊張しているのが伝わってきました。

それでも、みいくんはちゃんとリードを持って家まで歩いて帰ることができました。そしてみいくんはなにも言わなかったけれど、私の顔を見上げて本当にうれしそ

うな笑顔を見せたのです。いつも受験勉強でイライラしていたみいくんが久しぶりに見せた満面の笑みでした。

それはある意味、受験に合格した以上にうれしいことでした。

みいくんの受験が一段落ついたころ、とうとう運命の日がやってきました。繁殖犬にするかどうかの検査のため、アテネが協会に預けられることになったのです。

それ以来、家族は落ち着かなくなりました。私以外の全員が繁殖犬になることを望んでいたからです。

結果はメールで知らせてもらうことになっていたので、私がパソコンのスイッチを入れるたびに、みんな「ねえ、メール来た？」とわざわざやってきては画面に食い入るように見入るのでした。

そして数日後、とうとう結果を知らせるメールが来ました。

結果は、「繁殖犬にはしない」でした。

もう一頭の候補の犬が選ばれたのでした。

どちらの犬も盲導犬としても繁殖犬としても有望で、甲乙つけがたかったけれど、若干、もう一頭の子の股関節ががっしりしているという理由で、繁殖犬にすることが決まったそうです。

アテネは盲導犬を目指すことになりました。私は自分でもびっくりするぐらい、その結果を聞いてほっとしていました。やはり、「アテネには盲導犬になってほしい」という気持ちが強かったのです。

盲導犬を目指すとなると、去勢手術をしなければなりません。そのまま手術をするために、アテネのお泊りは延長となりました。

みんなはとてもがっかりしていましたが、私は「これで良かったんだ」とひとり平静な気分でした。

二月に入ると、手術を無事に終えたアテネが我が家にもどってきました。またアテネとのいつもの生活が始まったのです。

さびしがり屋さんのアテネ。手術で怖い思いをして性格が変わっていたらどうしようと心配していましたが、手術前とまったく変わらない人なつこさでした。

ある休日のことです。その日はテニススクールのレッスンから私が帰ったら、どこかへアテネを連れて出かけようということになっていました。

「帰ったらすぐ出かけられるように、行き先を決めて準備もしておいてね」、私はそうみんなに頼んで出て行きました。しかし、帰ってきて私が見たのは、アテネをほったらかして寝そべってテレビを見てる子どもたちと、自分の部屋にこもってパソコンをするおとうさんの姿だったのです。

とてもすぐに出かけるという雰囲気ではありません。

「みんな、なにしてるの？　私が帰ったらすぐに出かけようって言ってたでしょう」

私は怒りながら言いました。すると子どもたちは、

「僕らはいつでも出発できるもん」

と、テレビを見ながら答えました。

「じゃあ、どこへ行くか決めたの？」

私が言うと、

「えっ、そんなの、僕らじゃ決められないもん」

と、まったくその気がない様子です。おまけにおとうさんは、

「今までにいっぱい行っているし、今日は寒いから、無理に行かなくてもいいんじゃない？」

などと言うのです。

確かにおとうさんの言うとおりです。アテネとは緑地公園をはじめ、箕面《みのお》へのハイキングなどいろいろ出かけています。寒い日に無理に出かける必要はないのかもしれません。

でも、それは普通のペット犬のことです。私たちとアテネの日々には限りがあります。家族全員が揃う休日となるとなおさらです。あとで「もっと行きたかった」と後悔しても遅いのです。

「だったらもういい。今日はどこへも行かなくてもいい！」

私はリビングを出て、二階に着替えに行きました。

しばらくすると、着替えている部屋におとうさんが入ってきました。

「おかあさんの言うとおりだ。僕らはアテネとはそんなにたくさん過ごせるわけじゃないんだから、今からでも遅くない、出かけよう」

結局、あわてて用意をして淀川の河川公園に行きました。

北風がビュンビュン吹く中、スーパーで買ってきたお弁当を食べ、アテネとフリスビーをしたり、ボール投げをして遊びました。他にも犬が来ていたのでその子とも遊びました。

その様子をじっと見ている私は、マフラーを首にグルグルと巻き、手袋にモコモコのコート姿。それでも凍えるほど寒かったのですが、アテネは喜んで子どもたちと走り回っています。

一度は断念したお出かけだけど、無理して来て良かった。しみじみそう思いました。

春がきた

そうこうしているうちに三月を迎えました。ポカポカ陽気のある日、私たちは緑地公園へ梅を見に出かけました。

まるで春のような日和だったので、すごい人出でした。その中を、アテネは少し興奮しながら私たちについてきます。

アテネのおもしろいところは、興奮するとリードを自分でぐいぐい引っ張って行こうとするのですが、そのリードを放してやると、一〇メートルも行かないうちにあわててこちらを振

り返って、私たちがちゃんとついてきてくれているのか確認し、追いつくまで待っているのです。

前の年はロンドと来た梅見。あのときは、まさかあんな形でロンドとの別れがやってくるとは思っていませんでした。もちろんアテネとこうして歩いている姿なんて、思いも寄りません。そんなことを考えながら、この幸せな瞬間を私たちは噛み締めていました。

そして、この日から徐々にパピー用フードを大人用フードに替えていくようになりました。

アテネの体格も成犬へと近づいてきました。

また、待望だった宝塚のドッグランにもようやく連れて行くことができました。もちろんアテネが喜んだことは言うまでもありません。

中に入るためには受付をしなければならないのですが、それがものすごく時間がかかるのです。予防接種などの証明書を見せたり、誓約書を書いたりしなければなりません。

アテネはその間、柵越しに他の犬が楽しそうに走り回っている姿を見て、入りたくてたまらないようです。爪が地面に食い込むほど踏ん張ってリードを引っ張り、中へ入ろうとするアテネ。それを押さえる私は、全体重をかけて綱引きしているような気分でした。

そして、いよいよドッグランデビュー。

アテネのうれしそうに走ること。誰彼なく誘いをかけて追いかけっこをします。そこで私たちがびっくりしたのは、アテネが意外と運動神経が良くて、走るのが速いこと。

犬同士で追いかけっこをするのですが、誰もアテネについていけないのです。そして、見ているとその動きに無駄がないのです。

おとうさんは「アテネの走り方は芸術的だなあ」と、ここでも親バカぶりを発揮していました。

こうして、私たちとアテネの春は確実に近づいてきていました。

桜満開の春を迎えました。

このころからアテネは一緒に歩いている人のペースに合わせて歩くようになりました。

私と歩くときはちょっとゆっくりめにのんびりと。だいちゃんやおとうさんと歩くときは元気に早足で歩きます。

だから、一緒に散歩していてとても歩きやすいのです。アテネと歩いていると二人でおしゃべりをしているような気分になります。

まっすぐ前を向いて歩くアテネ。そんな様子をじっと見ていると、時々、アテネが私の顔を見上げます。目と目が合った瞬間、とてもうれしそうにシッポを振るアテネ。

また、逆に私が周りの風景に気を取られてアテネに対する意識が散漫になった瞬間、アテネはちょんちょんと自分の鼻先で私の左太ももの横をつつきます。もちろんそれはアテネが私の左側をくっつくようにして歩いているからですが、「ボクのこと、ちゃんと見ててね」そう、アテネが言っているかのようでした。

四月の巡回がありました。協会職員の方がみえてしばらくの間は警戒していたアテネですが、この日はいつもと違い散歩を先にすることになりました。

散歩となるとさっきの警戒心はどこへやら、職員の方の横をうれしそうについて行きます。

花見シーズンということで、桜と一緒にいるアテネの写真を撮ろうと近所の桜で有名な公園に行きました。ところが、花見客でいっぱいだったのです。

そういえば、お花見に緑地公園に行ったときも花見客でごった返していて、いつもの犬仲間のメンバーは遠慮してか、誰もいませんでした。

お正月とは正反対です。

私たちも写真はあきらめてそうそうに引き上げてきました。もちろん、散歩のあとはアテネの大嫌いな爪切

りとお尻絞り（注）が待っていたことは言うまでもありません。

そして、私はお気に入りの写真を一枚、職員の人に渡しました。なんでも、パピーウォーキング修了時に感謝状を渡すので、それに使う写真がいるとのことでした。

アテネとのお別れはまだ先なのですが、やはりこういう風に写真を渡したりしていると、おのずと「アテネとずっと一緒にいるわけにはいかない」ということを意識しないではいられませんでした。

（注）肛門腺の分泌物をケアすること

五月の巡回では修了式の説明がありました。また、次のパピー委託の書類も持ってこられました。

私たちはアテネの次もパピーウォーカーを続けるつもりだったので、その契約書です。

正直、アテネを最後にパピーウォーカーをやめようかという話も出ました。私が兄の病院へ通っているということも大きなネックでした。

でも、家族の声は「もう一度パピーウォーカーをやりたい」というものでした。それほどアテネとの日々は充実したものだったのです。

その契約書は次の巡回のときに渡すことになっていました。

そうです、次の巡回こそ最後の巡回なのです。

このとき、ロンドの姉妹のうちの一頭が無事、繁殖犬になったことを教えてもらいました。

ひょっとしたら繁殖犬になっていたかもしれないロンド。そのロンドを死なせてしまった――そんな思いがずっと重く私の心にのしかかっていました。

だから、その話を聞いたときは、肩の荷が少し下りたようで本当にうれしかったです。

最後の巡回

いよいよ最後の巡回の日がやってきました。いつものように爪切りとお尻絞りなどをしてもらったあと、本来なら散歩の様子を見てもらうのですが、

「今日はもう、散歩はいいでしょう」

と職員の方が言われて散歩はなしになりました。

もちろん、散歩に出かけるには暑くなっていたということもありますが、それまでのア

テネの散歩の様子から、わざわざ見て確認する必要がないほどお利口に歩いていたからでもありました。

実際、最後のほうの散歩はリードをつける必要がないほどでした。私の左横にぴったりと寄り添うように歩き、決して車のほうに飛び出すことはありません。

信号待ちをしているときも、大人しくシットして待っていました。目の前を鳥や猫が通っても知らん顔。他の犬とすれ違ってもまったく関心がないのです。

ただ私と一緒に歩くこと、それが楽しくてたまらないようでした。

私はアテネに心の中で話しかけます。

「今日も暑いね。お散歩から帰ったらなにして遊ぶ？　ボール遊び？　おもちゃの引っ張りっこ？　それとも……？　あっ、その前に掃除機をかけなくちゃいけないから、その間は待っててね」

アテネは私の顔を見上げます。

その目は「ママ、お散歩楽しいね」そう語っています。シッポでリズムを取りながら歩くアテネ。私がちょっとでもよそ見をすると、ツンツンと鼻先で私の太ももをついて「ママ、ボクとお話ししようよ」、そう言うアテネ。

　私は暑いので日傘をさして散歩に出かけていました。当然、皆さんそうされているのかと思っていたら、職員の人にびっくりされてしまいました。

「皆さん両手を空けてリードをしっかり持てるように、ウエストポーチで散歩されているぐらいです。日傘をさしてるなんて初めて聞きました」

　それぐらい、アテネはリードを引っ張ることが無かったのです。

そして巡回が終わって職員の方が帰られるとき、私たちにパピー記録の用紙が渡されることはありませんでした。

毎月、巡回のときにはその月の体重や、食べているフードの量、健康状態などの記録を渡すことになっていて、それと引き替えに次の記録用紙をもらいます。今回はそれがなかったのです。

そうです、次の巡回がないのですからもらえなくて当然です。改めてアテネとの別れが近づいていることを実感した私は寂しさをつのらせたのでした。

そして、アテネも今まで自分の好きなところで遊んだり寝たりしていたのに、片時も私のそばを離れなくなりました。洗濯物を干しているときはベランダに、お風呂を洗っているときはお風呂の前に、掃除機をかけているときはその部屋の隅っこに、用事をしている私の横にいるのです。

アテネもやがて来る別れを察知しているのでしょうか。

もちろん子どもたちも家に帰ってくるとすぐに、「アテネ、アテネ」とアテネを呼びます。

アテネもうれしそうに子どものそばに寄って行きます。

アテネが寝ていると、気がつくとその横には子どもたちが寄り添っていて、黙ってアテネのことをなでています。

口には出さないけれど、じっとアテネを見ながらなでているその目が語っていました。

「アテネ、もうすぐお別れなんて寂しいよ」


いよいよお別れの前日。みんなで緑地公園に行きました。

アテネと遊ぶ子どもたち。もし、パピーウォーカーをしていなかったら、こんな風に子どもと公園に来ていたでしょうか。

だいちゃんもみいくんも、本来なら親と一緒に公園で遊ぶ年齢ではありません。「こうして家族みんなで公園に来られるのも、アテネがいてくれているおかげなんだなあ」、そう思うと感慨深いものがありました。

アテネは子どもたちとともに、仲間の犬たちといつものように遊んでいました。私たちは最後に飼い主のみんなにお別れを言って、記念写真を撮りました。

みんな口々に「アテネ、さようなら。がんばってね」と励ましてくれました。

でも、そんな人間の気持ちを知らない犬たちは、いつもと同じ様子です。

帰る間際「またね」、仲間の犬たちがそう言っているかのように私には見えました。アテネもシッポをブルンブルン振って答えています。

でもね、「また」はもうないんだよ。

切なくて私はアテネの顔を見ることができませんでした。

お別れの日

二〇〇五年七月三日、とうとう修了式の日がやってきました。

私たちの他にも、八頭ほどの犬がこの日に修了式を迎えることになっていました。

次から次へと、修了式のある部屋に犬た

ちが集まってきます。そして、犬が集まると始まるのが追いかけっこかじゃれ合い遊びです。

　みんな、今まで育ててもらった家族と別れて、今日からここで暮らすことになるとは夢にも思っていないのです。そんな無邪気な姿を見ると、本当に今日でお別れなのかな、と信じられない気分になります。


　しかし、とうとう修了式の時間がやってきてしまいました。

　まず、職員の方々から今まで育ててきたことへの感謝の言葉がありました。その次に、

「みんな揃って、無事に健康で協会にもどってくることができて、本当に良かったです」

という言葉がありました。

　ロンドの兄弟の修了式でこの言葉を聞いたときは、なんともいえない寂しさを味わいましたが、今日は誇らしい気持ちで聞くことができます。

　そして、感謝状の授与です。

「出口様ご家族様。貴ご家族は約一一ヶ月間パピーを家族の一員として愛情を持って育て

てくださいました。今日、無事にパピーウォーキングを修了するにあたり、ここに感謝の意を表します」

みんなの目の前で読み上げられる言葉をひとことひとこと噛み締めました。そして、感謝状が手渡されました。

その感謝状には、以前お渡ししていたお気にいりのアテネの写真が載っていました。

私たちはその感謝状を一人ずつ順番に回しながらながめました。ロンドのときにはもらえなかった感謝状。それをようやく手にすることができたのです。

私は心の中でロンドに話しかけていました。

「ロンド、この感謝状にはあなたの分も入っているからね」

感謝状の授与の次は、訓練所にもどってからどんな生活をするのか、訓練の進め方、もし街で訓練中の犬を見かけても声をかけないでほしい、などといった注意事項の説明を受けました。

そのあと、本来なら外に出て一頭一頭、「こんな風に訓練するんですよ」と模擬訓練をしてもらえるのですが、その日はあいにくの雨で外に出ることができず、模擬訓練は中止になりました。

その代わり、訓練犬のデモンストレーションを見ました。室内や廊下に設置された障害物を巧みに避けながら、ハーネスを持つ訓練士さんを誘導して行く立派な姿を固唾《かたず》を飲みながら見守ったパピーウォーカーたち。

「うちの子も、将来あんな風になれるのかしら?」

感心したみんなは口々にそう言い合っていました。もちろん、私もその様子を未来のアテネの姿に重ねていました。


デモンストレーションが終わるといよいよお別れです。

一頭ずつ犬舎のほうへと連れられて行きます。

とうとうアテネの番が来ました。

「じゃあ、行きましょうか」

訓練士さんがやさしく声をかけてくれます。私は持っていたリードを訓練士さんに渡しました。

　するとアテネはうれしそうに、例の特徴あるリズミカルなシッポの動きとともに訓練士さんと一緒に行ってしまいました。私たちは見えなくなるまでじっとその後ろ姿を見ていましたが、アテネは一度も私たちのほうを振り返ることはありませんでした。

「うれしそうに行っちゃったね。たったの一度も振り返らなかったね」

「でも、行くのがイヤだって鳴かれたら、別れがもっとつらくなるから、これで良かったんだよ」

　しばらくすると訓練士さんが、アテネがしていた首輪とリード、そしてバンダナを持ってもどってこられました。

私はそれを受け取ったとき、アテネが本当にいなくなったことを実感しました。横では今まで一度も泣いた姿を見せたことのないおとうさんが、目頭を熱くしてうつむいていました。子どもたちはポロポロと涙をこぼしていました。そして私はというと、全然悲しくないといえば嘘になります。でも、それよりもほっとしたというのが一番の気持ちでした。

もらった夏休みの宿題を一年近くかけてようやく完成させた、そんな晴れやかな思いのほうが強かったのです。

帰りはもうみんな気持ちの整理がついたのか、いつもの賑《にぎ》やかな車内でした。でも、そこには一人足りない子がいました。アテネです。いつも足もとにアテネを置いていた子どもたちが言いました。

「アテネがいないと、足もとってこんなに広いんだあ」

なんだか落ち着かないようでした。

「アテネって存在感があったんだなあ」

車内に笑いが広がりました。

でも、それはアテネがいなくなったことを一生懸命忘れようとした笑いでした。

我が家に来たときは怖がり屋さんだったアテネ。なかなかトイレを覚えてくれなかったアテネ。車が苦手ですぐに車酔いするアテネ。そのくせお出かけが大好きで、一番に車に乗り込んでいたアテネ。お散歩が大好きだったアテネ。ドッグランで走らせると、誰にも負けなかったアテネ。

車内で交わすアテネの思い出話は尽きることがありませんでした。

アテネ、元気でね。訓練がんばるんだよ。

きみなら大丈夫、きっと立派な盲導犬になれるよ。


そして、ロンド。

あなたが天国に行ってから、しばらく私は泣いてばかりいました。病院で寝たきりのお兄さんの手を握りしめているときも、あなたのことを忘れたことはありません。お兄さんの意識は今ももどらないけれど、でも、がんばれたのは、アテネとあなたのおかげです。

みいくんもきっとあなたを失った悲しみに耐えながら、がんばって中学受験に合格したのです。そして、みいくんは少しだけ大人になりました。

あなたはきっと天から見守ってくれたのですね。

おとうさんはあれからますます仕事が忙しくなって、家に帰ってくる日が少なくなりました。でも、東京から帰ってきたら、今でもあなたの思い出話をするのですよ。

だいちゃんは学校で忙しくて、ほとんど家にはいないけれど、だいちゃんがもっともあなたをかわいがったのでしたね。

私たち家族は、みんなあなたのことが大好きでした。できることなら、再び生まれ変わって、私たちのもとに帰ってきてほしい。そうしたら、今度こそ、あなたを立派な盲導犬に育ててみせるから。

ロンド、そしてアテネ。我が家に来てくれてありがとう。あなたたちと暮らせて本当に幸せでした。

一緒に歩けて楽しかったよ。私たちはあなたたちのおかげで、いろんなことを学ばせてもらいました。

またいつか、きっと、どこかで会おうね。

そして、みんなで一緒に歩こうよ。

アテネのその後 ――おかあさんの涙――

二〇〇六年四月二三日はアテネとの面会日でした。だいちゃんは高校二年生、みぃくんは中学二年生になっていました。

アテネは盲導犬になることが決まり、訓練をまもなく終えるところです。通常、訓練には一年かかるので異例の早さです。誰のもとへ行くのかはわかりませんが、そのとき、アテネはもう我が家のアテネではなく、その家の子になってしまいます。それまでに一度、面会させてもらえることになりました。

ひょっとすると会えるのはこれが最後になるかもしれないので、家族全員の揃う日をと思ったのですが、みんなの予定がなかなか合わず（特にだいちゃんのクラブの定期演奏会

が中旬にあり、それまではクラブを休めない、というのが大きかったです）、本当にジャスト四月二三日、この日だけしかありませんでした。

この日はダメだと言われたらどうしようかと思いましたが、「二九日にあるオープンデイに備えてボランティアの人が大勢草刈りに来られていますが、それでも良ければ」とOKをもらいました。

面会は協会の中と周辺を散歩するだけで、その代わり、何時に来てもらっても、どれだけいてもらっても構わない、ということでした。最後にアテネとどこかへお出かけしたかったのですが仕方ありません。

「どれだけいてもいい、と言われてもなあ。協会の中ではすることないし、まさかみんなで床に寝ころんで一緒に昼寝、というわけにもいかないし……。まあ、周辺を散歩して、ちょこっと遊んで終わりかな。でも全然会えないよりはいいよね」と話し合い、お昼ごはんを食べてから二時に協会へ行くことにしました。

協会に着くとボランティアの方がたくさん来られていて、草刈りの作業をしておられました。

私たちが着いたことを告げると、ボランティアの方がたくさんいる場所を避けるためでしょうか、いつもはあまり行ったことのない建物の裏側に通されました。

当時、パピーウォーキング中だったパピーを預けて（アテネとの面会中、犬舎で預かってもらうことになっていました）、そこで待っているとすぐにアテネが係の人に連れられてきました。


思わず名前を呼ぶと、アテネは私たちに気がついて、まっすぐ私に向かって駆けてきました。うれしそうにシッポを振ってじゃれついてくれる姿を見て、「私たちのことなんかすっかり忘れて知らん顔されたらどうしよう」と思っていた私たちはほっとしました。

そして家から持参した首輪とリード、そしてアテネのトレードマークだったバンダナを首につけると、すっかり我が家のアテネにもどったのです。

「ではごゆっくり」

係の人に見送られて、私たちは散歩に出かけることにしました。

山と川、そして田圃《たんぼ》に囲まれたのどかな景色の中を、一歩一歩確かめるように歩きました。途中で記念に一人ずつアテネとの写真を撮りました。

私たちと歩いているときのアテネは、盲導犬の訓練を受けていたとは思えないほど、訓練前の甘えん坊のいつものアテネでした。公園を歩くとき時々していたように、リードを首に巻きつけて私たちが持たずに歩いてみましたが、やはり以前と同じようにうれしそうにトコトコ歩いては、私たちのほうを振り返って、追いつくのをじっと待っていてくれました。

「ああ、以前となにも変わってないね」

うれしくていつまでも散歩をしていたい気分でした。

とはいえ、そうもいかないので、いい加減歩いたところで協会へと引き返していきました。協会に帰ると草刈りは終わっていて、皆さん建物の中で慰労会のようなものをされていました。その邪魔をしてはいけないので、中庭でアテネと少し遊びました。

家から持ってきた大好きだったおもちゃを取り出すと、アテネは大興奮。だいちゃんと一緒に喜んで遊んでいました。そうこうしているうちに、パピーの担当の方が来られたので話をしました。

「私たちのこと覚えてくれているんでしょうか」

「そりゃあ、覚えていますよ」

「でも、お客さんが来たら喜んで飛びついていたから、それと一緒じゃないですか」

「違いますよ。〝ああ、懐かしい人が来た〟そんな表情ですよ。私たちに喜んでくれるのとは全然様子が違います」

そう言ってもらえたのですごくうれしかったです。そして、

「すっかり贅《ぜい》肉が落ちてアスリートのような体型になりましたね」

と言うと、

「アスリート？　ああ、確かにそうかもしれませんね。かなりの運動量ですから」

そういう答えが返ってきました。

実際、協会にもどるときのアテネの体重は二八キロ近くあったのに、今は二六キロだといいますから、かなり絞り込まれたことになります。

でも、それは痩せたという感じではなく、さっきの言葉どおり無駄な肉がすっかりそぎ

落とされて、アスリートのような美しい姿になっていたのです。「さすが訓練とはえらいものだなあ」、と感心しました。

本当はもっともっと一緒にいたかったのですが、草刈りを終えた方の犬たちが続々とやってきて、アテネがその子たちと遊ぼうとするので、「万が一でも怪我をさせては大変」と、なごり惜しかったのですがお別れすることにしました。

「僕らから離れてからも、ずっとがんばってたんだなあ。えらいなあ。……これからもがんばれよ」

おとうさんは、まるで大人になった自分の子供に語りかけるように、しみじみとつぶやくのでした。

「いつまでも、元気でね」

私は最後にアテネを抱きしめてお別れしました。

「じゃあ」と係の人にお渡しすると、アテネはうれしそうに、シッポを振りながら係の人についていき、修了式のときと同様、私たちのほうを一度も振り返ることなく犬舎の中へと入って行きました。

それは寂しいことではありましたが、アテネにとって、ここでの生活が本当に楽しいものなのだと、幸せに暮らしているのだと、実感できた瞬間でもありました。

これからもアテネの幸せを願わずにはいられません。

アテネが中に入ってしばらくすると係の人が、アテネがつけていたリード、首輪とバンダナを持って出てこられ、私たちに返してくださいました。

おそらくもう二度とこれらをつけることはないのだと思うと、胸が熱くなりました。

そして、そのとき、修了式のときには流れなかった涙が私の目からポロポロとこぼれ落ちました。

そのあとすぐに係の人に連れられて、預かってもらっていたパピーが戻ってきました。

そんな私たちの気持ちも知らず、うれしそうに飛びついてくるパピーを必死で押さえていると、すぐに現実に引き戻されて、感傷に浸っているどころではなくなってしまいました。

明日から、いえ、今この瞬間から新しい子育てが待っているのでした。

えっへん！
かっこよく
なった？

あとがき

ロンド

あなたが死んでもう一〇年近くが経ちました。

あなたのケンカ友達だった二人の子どもは、もう大学生になりました。

あのあと、我が家では五頭のパピーを育てて、そのうちの三頭が盲導犬や繁殖犬として活躍しています。

今、私の横には五頭目のウテナがいます。

ウテナは繁殖犬として、九頭、九頭、一〇頭、七頭と四回出産して、今ようやく引退したところなのですよ。

私は、あなたが盲導犬になるものとばかり確信していました。

だから、あなたが天国に行ったときは、悲しくて悲しくて、どうしていいのかわからなくなりました。
でも、あなたはずっと私の胸の中にいました。
あなたがいたからこそ、五頭のパピーを育てることができたのです。

そして、
今、この本を書き上げることで、あなたの死が無駄にならずに済みました。
あなたは、こういう形で私たちのもとに帰ってきてくれました。
これからはずっと一緒だよ。
また、あなたと共に歩いていきましょう。
ねえ
ロンド

出口　すみ子

＜盲導犬に関するお問い合わせ先＞

公益財団法人　関西盲導犬協会
http://www.kansai-guidedog.jp/
電話　0771-24-0323 (9：00〜18：00)
住所　〒621-0027
　　　京都府亀岡市曽我部町犬飼未ケ谷 18-2

認定ＮＰＯ法人　全国盲導犬施設連合会
http://www.gd-rengokai.jp/
電話　03-5367-9770
住所　〒162-0065
　　　東京都新宿区住吉町 5-1　吉村ビル２階

※盲導犬ボランティアのシステムや指導内容等、文中の説明は現在とは異なっている可能性がございます。詳しくは、上記までお問い合わせください。

[著者プロフィール]
出口 すみ子
大阪生まれ。大阪府立大学卒。予備校講師を経て結婚を機に専業主婦となる。
一方、2003年より関西盲導犬協会でパピーウォーカーとして盲導犬ボランティアを始める。5頭のパピーを育てたのち、現在は繁殖犬ボランティアとして活動している。

[監修者プロフィール]
出口 汪
東京生まれ。関西学院大学大学院日本文学科博士課程修了。
広島女学院大学客員教授、(株)水王舎代表取締役社長。旺文社ラジオ講座、代々木ゼミナール、東進衛星予備校などの講師で爆発的な人気を博す。
論理力養成プログラム「論理エンジン」は、全国の中学・高校で250校以上が採用。
『好きになる現代文』シリーズ(水王舎)、小説『水月』(講談社)、『日本語論理トレーニング』シリーズ(小学館)、『日本語の練習問題』(サンマーク出版)、『東大現代文で思考力を鍛える』(大和書房)、『源氏物語が面白いほどわかる本』(中経出版)、『出口汪の論理的に考える技術』(ソフトバンク文庫)など、その著作売上は累計700万部を超える。

関西盲導犬協会と全国盲導犬施設連合会に、印税のすべてを寄付します。

きみと歩けば…

2014年2月8日 第1刷発行
2014年2月14日 第2刷発行

著 者――――出口 すみ子
監修者――――出口 汪
発行所――――株式会社 水王舎
〒160-0023 東京都新宿区西新宿 6-15-1
http://www.suiohsha.jp/
電話/03-5909-8920 FAX/03-5909-8921
ブックデザイン、イラスト――設樂みな子(したらぼ)
協力――――公益財団法人 関西盲導犬協会
印刷――――日之出印刷株式会社

ISBN 978-4-86470-006-1